최강 직업(용기사)에서 초급 직업(운반꾼)이 되었는데, 어째서인지 용사들이 의지합니다

5

아마우이 시로이치
일러스트 이즈미 사이
옮김 정명호

contents

최강 직업에서 초급 직업이 되었는데, 어째서인지 용사들이 의지합니다 5

《용기사》
《운반꾼》

일러스트 이즈미 사이

아마우이 시로이치

악셀 그란츠
전 《용기사》, 현 《운반꾼》. 「하늘 나는 운반꾼」이라는
이명이 있다. 과거에는 용사 파티의 일원이었다.

바젤리아 하이드란티아
작렬하는 불을 관장하는 용왕 소녀. 평소에는 인간
모습으로 변신해 있다. 악셀을 주인으로 생각하고
따른다.

사키 리즈누아르
마술의 용사. 마왕 대전의 영웅. 악셀을 좋아한다.

데이지 코스모스
연성의 용사. 마왕 대전의 영웅.
악셀의 친구라 자칭하는 카벙클.

게일 앱손루웬트
권제(拳帝) 용사. 마왕 대전의 영웅.
꾸준히 자기 탐구를 이어가는 과묵한 도깨비 무인.

카틀레아 헌드레드
정령 도시의 마법 연구소 소장. 전 마법 대학 총장.

보탄 글로리아
의료 길드【오큐커스】길드 마스터.
길드가 운영하는 여관의 《가정부장》.

시드니우스 그랑아블
신수 도시를 수호하는 신림 기사단 기사단장.

팡
성검의 용사. 마왕 대전의 영웅. 악셀을 존경하고 있다.
악셀이 용사 파티 일원이었던 시절의 동료.

c h a r a c t e r

지금까지의 줄거리

최강의 《용기사》 악셀은 왕가의 의뢰를 받아, 다른 용사들과 함께 마왕을 쓰러트린다.

다만 이와 맞물려, 그는 어쩔 수 없이 용기사를 그만두고 스테이터스가 낮기로 유명한 초급 직업인 《운반꾼》으로 전직한다.

그러나 악셀은 이제 위험한 일을 할 필요가 없다면서 이상할 정도로 긍정적으로 전직을 받아들인다.

악셀은 《운반꾼》으로 일하면서 파트너인 용왕 바젤리아와 함께 세상을 여행하면서 유유자적한 생활을 할 수 있겠다고 생각했다.

그러던 때, 악셀은 자신이 용기사 시절의 스테이터스를 그대로 계승했다는 사실을 알게 된다.

그렇게 해서 사상 최강의 초보자 《운반꾼》이 된 그는, 별의 도시—— 크레이트에서 운송 길드 『사지타리우스』의 조언을 받으며 의뢰를 가리지 않고 재빠르게 실적을 쌓는다.

이윽고 주민 사이에 『하늘 나는 운반꾼』이라는 애칭이 나돌 무렵, 착실히 운반꾼 경험을 쌓던 악셀은 『과거 운송』이라는 스킬을 얻는다.

『과거 운송』은 용기사 시절의 힘을 지금으로 『운반해서』 사용하는 스킬.

이로써 용기사의 스킬마저 되찾은 악셀은, 더욱더 어려운 의뢰를 해치우기 시작한다.

그러던 도중, 마왕 전쟁 시절에 인류에 큰 상처를 남긴 고룡이 크레이트를 덮친다.

건물이 무너지고 사람들은 잡아먹힐 위기에 놓였다.

그런 난폭한 고룡을 악셀은 과거 운송 스킬을 써서 용기사 시절의 스킬과 감각을 과거에서 운반해서 압도적인 힘으로 쓰러트렸다.

그렇게 평화를 되찾은 크레이트.

평화로운 도시를 뒤로하고, 악셀은 여행을 떠나기 위해 동료와 함께 새로운 도시로 향한다.

악셀이 다음으로 도착한 곳은 물의 도시——실베스타. 바닷가에 있는 항구도시였다.

동료의 소개로 해사(海事) 길드의 길드 마스터를 만난 악셀은 또다시 갖가지 의뢰를 완수한다.

그러던 도중 옛 동료였던 마술의 용사—— 사키와 재회하여 함께 운반꾼 일을 하며, 동시에 조선 길드의 길드 마스터와 친분을 쌓는다.

그러던 어느 날, 전쟁에서 마왕의 편을 들던 자—— 마인(魔人)

이 나타난다.

　동료들과 함께 마인을 잡은 악셀은, 그가 계획하던 참혹한 음모를 밝혀낸다.

　악셀은 다시 동료와 힘을 합쳐 싸워 도시를 지키고, 동료들과 다시금 함께 여행길에 오르기로 한다.

　다음으로 도착한 『신림 도시』 일민즐에서 악셀은 마왕 대전 시절의 동료인 연성의 용사── 데이지와 재회한다.

　데이지는 도시의 상징인 신수가 말라 죽어간다는 비상사태의 원인 규명과 대책 마련을 위해 일하고 있었다.

　사태가 위급한 걸 간파한 악셀 일행은 데이지를 돕기로 한다.

　그렇게 여러 의외를 받아 말라 죽을 뻔한 신수를 치료했지만, 기뻐할 틈도 없이 마인 빙호군(憑虎君)이 나타나 일민즐을 습격한다.

　마인의 등장에 악셀은 대전 시절의 경험을 떠올리고, 자신의 창을 희생하여 압도적인 힘으로 마인을 쓰러트린다.

　사건을 해결한 후, 연성의 용사 데이지를 동료로 받아들인 악셀은, 부서진 창을 고치기 위해 새로운 마을을 향해 출발한다.

　창을 고치기 위해서는 『양린(陽鱗)』이라는 소재가 필요했다. 악셀 일행은 모래폭풍이 덮친 『모래의 도시』 에니아드를 방문했다.

　그 도시에 있는 고고학 길드에서 악셀은 『양린』을 손에 넣기 위해서는 모래폭풍이 가라앉고 해가 나기를 기다려야만 한다는 말을 들었다.

그렇지만 에니아드의 모래폭풍은 사라지지 않고, 계속 흐리기만 했다.

그것을 이상하게 여긴 길드와 악셀이 같이 조사해서 부자연스러운 모래폭풍이 마인의 소행이었다는 것을 밝혀냈다.

그리고 악셀은 길드 사람들과 협력해서 탁월한 전투 기술과 경험으로 마인을 쓰러트린다.

이렇게, 악셀은 창을 고치기 위한 재료를 손에 넣고 그 재료를 활용하기 위해 『정령 도시』로 향했다.

──한편, 세상 각지에서 암약하는 마인들의 음모 또한 서서히 커지고 있었다.

커버 그림, 본문 일러스트 | **이즈미 사이**

어느 건물 밀실.

창문이 없는 방에 어렴풋한 빛을 받는 옥좌가 있었다.

거기에는 검은 안개로 만든 듯한 가면으로 얼굴을 가린, 사람과 비슷한 형체가 앉아 있었다.

"오늘의 보고는 이상인가?"

옥좌에 앉은 자가 눈앞에 무릎을 꿇은, 거무스름한 긴 귀를 가진 청년에게 물었다.

청년은 그의 말에 즉시 고개를 끄덕였다.

"네, 코카쿠 님. 방금 보고한 사항이 그 고대종과 인간들의 움직임에 대해 지금까지 얻은 정보입니다."

청년의 대답에 코카쿠는 흠, 하고 고개를 끄덕였다.

"알았다. 그럼 이걸로 마치지. 물러나도 좋다."

"알겠습니다. 그럼 식사 준비라도——."

"아아, 그럴 필요는 없다. 달리 용무가 있으니."

코카쿠는 그렇게 말하더니 옥좌에서 일어나, 자신의 얼굴에 붙어 있던 검은 안개에 손을 댔다.

그 순간 가면의 일부가 검게 빛나더니, 코카쿠의 손에 옷 한 벌이 생겨났다. 날개를 몇 겹이나 엮어서 만든 외투였다.

그것을 걸치면서 코카쿠가 청년에게 말했다.

"오늘 밤은 이만 돌아가도록 하지."

"코카쿠 님, 밖으로 나가십니까?"

"그래. 잠깐 산책 겸 도시에 다녀오겠다."

"……그럼 저와 부하들도 같이——."

청년의 말이 끝나기도 전에, 코카쿠가 고개를 저었다.

"그럴 필요 없다. 따라온다고 해도 할 일도 없잖나."

"그렇지만 호위를……."

"그것도 마찬가지다. 너희의 힘으로는 나를 호위할 수도 없겠지."

그러자 청년은 무언가를 말하려다가 이내 고개를 끄덕였다.

"……확실히, 코카쿠 님처럼 힘을 잘 다루지도 못하고, 한다 해도 서포트가 고작인 상태로는 어렵겠군요."

"그래, 감정에 휘둘리지 않고 냉정하게 분석할 수 있다니, 훌륭하다. ……제멋대로 감정에 휘둘리는 오만한 신들보다 훨씬 낫다."

"고마운 말씀입니다, 코카쿠 님. 저희의 힘이 부족한 게 원인인데……."

"비꼬는 게 아니다. 머지않아 너희들은 강해질 것이다. 그리고 오늘은 딱히 호위가 필요 없다. 그저 도시에 가서 대략적인 정보를 모을 뿐이니까."

"정보라면…… 그 용사와 신들 말씀이시군요."

"그게 전부는 아니지만 말이다. 어쨌든, 몰려가면 오히려 움직이기가 힘들어진다. 그러니 나 혼자 가겠다."

코카쿠의 말에 청년은 조용히 고개를 끄덕였다.

"……알겠습니다. 그러면 돌아오시기를 기다리고 있겠습니다. 저는 예정대로 계속 정보를 모으도록 하겠습니다."

"그래, 부탁한다. ……그럼 다녀오겠다."

그렇게 말하면서, 외투를 걸친 코카쿠는 청년에게 등을 돌렸다. 그리고,

"……그는 지금 어디 있을까. 정확히는 모르지만, 모처럼의 기회니 한 번 만날 수 있으면 기쁘겠군. ……그래, 어찌 되든 기대하면서 가볼까."

미소 짓는 듯이, 조용히 들뜬 목소리로 그렇게 말한 뒤, 한순간에 어둠에 몸이 녹아들 듯이 그 자취를 감췄다.

최강 직업(용기사)**에서 초급 직업**(문반꾼)**이 되었는데,
어째서인지 용사들이
의지합니다**

제1장 ◆ 따뜻한 샘의 도시

에니아드에서 출발한 우리는 몇 개의 역참 마을을 거쳐서 목적지에 겨우 도착했다.

그 도시는 초원과 숲 그리고 수많은 꽃밭이 눈에 띄는 완만한 구릉 지대에 접한 풍요로운 도시였다.

"음~, 여기가 정령 도시 벨티나지, 주인?"

도시에 들어가자마자 바젤리아가 눈을 반짝이면서 나에게 말했다.

"그래, 지도에 그렇게 쓰여 있고—— 무엇보다, 도시 입구에 있던 간판에도 『따뜻한 정령 도시에 어서 오세요!』라고 적혀 있었으니."

"따뜻한……. 그러고 보니 여기 왠지 따뜻하네. 햇볕은 그리 뜨겁지 않은데, 공기가 후끈거려."

바젤리아가 흥분해서 목소리를 높이며 고개를 갸웃거렸다. 그러자 내 어깨 위에 올라가 있던 카벙클, 데이지가 대답했다.

"그야 그렇지, 바젤리아. 여기는 온천이 유명하니까. 별명이 온천 도시일 정도잖아? 곳곳에 온천이 있어. 봐, 저쪽에서도 뜨거

운 김이 올라오잖아?"

데이지가 앞발로 앞을 가리키면서 바젤리아에게 말했다.

"아, 그렇구나. 왠지 저기서 좋은 꽃향기가 나는 것 같아."

"이 도시에 있는 온천의 특징이야. 주위에 있는 자연의 마력이 녹아들어서 그런 향기가 나."

"그렇구나. 그런데 그렇게 희귀한 온천이 있는데, 이름이 왜 온천 도시가 아닌 거야?"

"아, 그야 그렇지. 여긴 정령종이 많이 사니까. 애당초 여기에 도시가 생긴 이유가 그거였고."

그러자 바젤리아가 주위를 가볍게 둘러보고 고개를 끄덕였다.

"그렇구나! 코스모스의 말대로 정령종이 많아. 저기, 주인, 저쪽에도 있어."

"그래, 저 아이도 정령이네."

바젤리아의 시선 끝에는 옆머리에 작은 반투명 날개가 붙은 소녀가 있었다.

마력이 물질화한 날개가 달린 걸 보면 정령이 틀림없다.

그리고 정령은 그녀만 있는 게 아니었다.

"큰길을 한 번 둘러봤는데, 절반 정도가 정령인 것 같아."

정령 도시라는 이름대로 왕래하는 사람들 사이에 여기저기 정령이 섞여 있었다.

"도시에 들어온 뒤로 꽤 자주 보이긴 했는데, 정말 아무렇지 않

게 있구나."

"마법 대학에서 몇 명 본 적 있지만, 다른 도시에서는 잘 보이지 않으니까요. 이렇게 많다니 놀랍네요."

"그렇네, 사키. 카벙클인 내 몸에서 보석이 눈에 띄듯이, 정령종은 머리에 있는 날개가 꽤 눈에 띄니까, 한눈에 알 수 있어."

데이지가 그렇게 말하면서 자기 가슴에 있는 보석을 쓰다듬었다.

"저 날개는 마력에 따라 얼마나 선명하게 보이느냐가 달라져. 날개가 있으면 마수에게 습격받기 쉽고, 삿된 마음을 품은 인간들이 노릴 가능성도 있어서, 눈에 띄지 않게 후드를 쓰고 다니는 정령들도 많아."

"그건 카벙클도 똑같지? 그런데 여기서는 전부 숨기고 다니질 않네. 안전하다는 걸까? 정령종의 수가 많아서 그럴지도 모르겠지만……."

"바젤리아 말이 옳아. 여기서는 편하게 생활할 수 있다는 거지. ──무엇보다 친구의 창을 고칠 곳도 있고."

데이지의 말에, 나는 쓴웃음을 지으면서 고개를 끄덕였다.

"하하, 이래저래 손을 많이 탔지만, 이제 『정령의 샘』에서 정련만 하면 끝이니까."

용기사 시절에는 이렇게까지 크게 망가진 무기는 어지간해선 고칠 수가 없었다.

내가 주 무기로 쓰던 창이랑 검, 용기사왕의 투구는 왕가에서 떠넘긴 유물 같은 거니까…….

　용기사 스킬에도 버틸 수 있을 만큼 튼튼하고 날도 잘 드니 지금까지 쓰고 있지만, 평범한 무기와는 소재부터 다르니, 고치는 게 더 힘들다. 이렇게 해서 고칠 수 있는 것만으로도 다행이다.

　"데이지, 정말 고마워."

　"음, 부끄러운데. 하지만 고맙다는 인사는 다 고치고 나서 해줘, 친구."

　"그래? 그럼 그때 다시 이야기할게. 참, 사키에게도 고맙다고 해야겠지?"

　그렇게 말하며 나는 옆에서 같이 걸어가던 사키를 봤다.

　그러자 그녀는 갑작스럽게 눈을 빛내더니 내 팔을 꽉 잡았다.

　"왜, 왜 그러세요, 악셀? 갑자기 감사와 답례라니. 드디어 저와 부부가 되시려고요?! 언제나 정성을 다해서 고맙다는 건가요?! 답례로 사귀어 준다든가?! 그렇다면 언제라도 웰컴입니다만!"

　"언제나처럼 비약이 심하니 처음이랑 뒷부분은 넘어가고, 도와줘서 고맙다는 말이야. 이번에 정령의 샘에 관해 잘 아는 사람을 소개해준다고 네가 말했잖아."

　그렇게 말하자 사키는 갑자기 흥분이 가라앉은 듯했다.

"네…… 무슨 말씀이신지 했는데, 역시 그 말이셨네요. 딱히, 고맙다는 인사를 받을 일도 아닌데요."

"아니야. 나도, 바젤리아도 정령 도시에 정령의 샘이 있다는 정보는 데이지한테 들었지만, 그게 어떤 건지는 모르니까. 잘 아는 사람과 이야기를 나눌 기회가 생긴 것만으로도 감사할 일이지."

그랬다.

마지막으로 정령의 샘에서 정제하면 창 수리는 끝난다고 했지만, 우리는 정작 『정령의 샘』이라고 불리는 곳이 어떤 곳인지는 전혀 몰랐다.

그래서 우선 탐문부터 시작할까 했는데, 사키가 이런 제안을 했다.

『아, 마침 정령 도시 마술 연구소에 제 대학 시절의 지인이 있으니, 그녀에게 이야기를 들어보면 어떨까요? 정령에 관해 잘 아는 사람이에요.』

『그래. 딱 맞는 사람이니 한번 말해보는 게 좋겠어, 친구』

데이지도 그런 말을 하기에, 안성맞춤이라 그녀의 제안을 받아들였다.

우리는 정령 도시 중앙에 있다는 마술 연구소를 향해 큰길을 따라 걸어갔다.

"그 덕분에 목적지가 명확해졌잖아? 사키에게 도움을 받은 셈이지."

"으, 저의 힘과는 별 상관없는 일로 감사받으면 육체 접촉이라는 담보를 요구하기 힘든데요——."

사키는 내 팔을 꽉 잡은 채로 고민하기 시작했다.

"저기, 주인. 나는 리즈누아르의 가치관이 어떻게 되먹은 건지 잘 모르겠어."

"괜찮아. 나도 잘 모르겠거든."

"옛날부터 리즈는 변함이 없네……."

우리가 그렇게 말하자 사키가 앞을 가리키며 말했다.

"뭐, 그래도 악셀의 말 덕분에 활기가 생겼어요! 어서 가죠! 마술 연구소는 이제 눈앞이니까!"

그녀가 가리킨 곳에는 건물이 한 채 있었다.

굵은 석조 기둥을 잔뜩 늘어놓은 궁전 같은 건물이었다.

건물 옆에 『마술 · 정령 연구소』라는 문자가 새겨진 간판이 붙어 있었다.

"여기가 마술 · 정령 연구소인가. ……꽤 큰 건물이네."

건물뿐 아니라 출입문도 올려다봐야 할 만큼 거대했다.

제법 본격적인 시설이구나, 하고 중얼거리자 옆에 있던 사키가 고개를 끄덕였다.

"연구소뿐 아니라 박물관, 도서관도 겸하고 있거든요. 어서 들어가죠. 제가 접수대에 이야기하면 아마 바로 나올 거예요."

"오, 그래? 그럼 부탁할게."

"네, 저한테 맡기세요."

그렇게 우리는 정령 도시에 도착하자마자 마술 연구소 안으로
발을 들였다.

마술 연구소 1층은 현관이었는데, 중앙에 가로로 긴 카운터가
있었다.

카운터는 도서관 이용, 박물관 이용 등 목적에 따라 구분되어
있었고 각각의 장소에 사람들이 줄을 서 있었다.

우리는 『면회』라고 쓰인 카운터로 향했다.

"도서관이나 다른 카운터에는 사람들이 꽤 줄 서 있는데, 여기
는 아무도 없네."

"여기는 언제나 비어 있던데요? 저희로선 잘된 일이죠."

사키는 그렇게 말하며 접수대에 있는 정령종 여성 앞에 섰다.

"저기, 용무가 있는데, 괜찮습니까?"

사키가 그렇게 말했다. 그러자 정령종 여성이 깜짝 놀라 고개
를 들었다.

"아, 죄송합니다. 무슨 용건이신…… 어라?"

직원의 말이 도중에 멈추더니 얼굴이 놀라움으로 물들었다.

"……마, 마술의 용사님?"

"네, 맞아요."

"오, 오랜만에 뵙습니다. 다시, 만나서 영광이에요……."

직원은 어쩐지 감동한 듯한 얼굴로 고개를 끄덕이며 말했다.

"아, 죄송합니다. 으음…… 여기에 오신 이유가, 혹시 소장에게 용무가 있으신 건가요?"

"예. 뭐, 평소대로입니다만, 불러 주시겠어요?"

"알겠습니다. 지금 바로 소장을 불러올 테니 안쪽 방에서 기다려 주세요!"

접수원은 카운터 안쪽에 있는 응접실로 우리를 안내하고 차를 내주더니 응접실을 나갔다.

꽤 손에 익은 움직임이었다. 면회 카운터 담당자니 당연할지도 모르겠지만.

"사키, 접수원이 '다시'라고 하던데. 혹시 전에도 여기 온 적이 있어?"

나는 옆에서 차를 마시던 사키에게 물었다.

대화를 보아 아무래도 이미 면식이 있는 것 같았다.

사키가 고개를 끄덕였다.

"네. 마법 대학에 있을 때 연구를 도와주곤 했었어요. 매번 여기서 소장과 만났었으니, 제가 여기에 오면 소장을 만나러 왔다고 생각할 거예요."

그러자 내 옆에서 다과를 먹어대던 바젤리아가 고개를 갸웃거렸다.

"응? 그럼 이번에 만나러 온 사람이 여기 소장이야?"

"그렇죠. 이 연구소는 마술뿐 아니라 정령 도시의 지리, 지맥도 조사하거든요. 이 땅에 있는 정령의 샘에 관해서도 잘 알고 있겠죠."

"맞아, 맞아. 내가 알고 있다면 좋았겠지만, 난 고치는 법은 알아도 그건 잘 모르니까. 사키의 인맥에 의지하는 게 좋을 것 같더라고."

데이지가 내 어깨 위에서 쓴웃음 지으면서 말했다.

사키는 작게 숨을 토했다.

"후후, 악셀에게 도움이 될 수 있어서 다행이에요. 여러 일을 한 보람이 있네요."

"만약 리즈누아르가 연구 협력을 안 했으면, 이런 인연은 없었겠네——."

"아, 정확히 말하면 조금 달라요, 하이드라."

"응?"

"물론, 연구를 도와준 건 사실이지만, 처음 만난 건 이 연구소에서 일하기 전이었어요."

"그럼 사키와 만날만한 직장이…… 마법 대학?"

사키의 교우관계를 전부 파악하고 있는 건 아니지만, 용사 시절에는 누군가를 만날 일이 거의 없었다. 그러면 용사가 되기 전과 마왕 대전 뒤에 만났다는 건데, 그녀가 있던 장소는 마법 대학 정도뿐이다.

"그래, 그 말대로야."

응접실 안쪽, 문 없이 연결된 방에서 그런 목소리가 들렸다.

그쪽을 봤더니 누군가가 안쪽 방에서 나왔다.

작은 몸에 삼각형 모자와 로브를 입은 소녀였다.

"거, 몰래 엿들어서 미안하구먼. 들렸으니 어쩔 수 없지만."

그녀는 붙임성 있는 미소를 띠면서 이쪽으로 다가왔다.

가장 먼저 입을 연 건 사키였다.

"꽤 빨리 나오셨네요. 너무 재촉했나요?"

그녀의 말에 소녀는 고개를 옆으로 빠르게 흔들었다.

"와하하, 옛날 제자이면서 나를 뛰어넘은 대천재가 왔으니 말이다. 바빠도 날아올 수밖에. ──아니, 정말 오랜만이구먼. 편하게 있어."

그렇게 말하더니 양손을 허리에 올리고 응응, 하고 고개를 끄덕였다.

그 모습을 보고 바젤리아가 눈을 깜빡거리며 말했다.

"어, 리즈누아르? 이 작은 아이가 소장이야? 제자는 또 무슨 말이고……?"

그러자 사키가 고개를 끄덕였다.

"맞아요, 하이드라. 연구소 소장이자…… 제가 다니던 마법 대학의 학장이었던 사람입니다."

사키의 말에 로브를 두른 소녀가 활짝 웃었다.

"그래, 그래. 소개해줘서 고맙구나, 사키. 나는 카틀레아 헌드레드. 100살에 학장은 은퇴했지만, 아직 현역인 마녀라네. 하늘나는 운반꾼 일행 여러분."

응접실 테이블 정면에 앉은 카틀레아는 나를 보며 말했다.

"너희 이야기는 잘 들었단다. 마술의 용사 사키가 『하늘을 나는 운반꾼』 악셀과 함께 여행하고 있다고 말이야. 물론 용왕 바젤리아나 연금의 용사 데이지의 이야기도."

"운반꾼 이야기까지 알고 있다니, 우리 소문이 그렇게까지 퍼졌나?"

그녀는 내가 인사하기도 전부터 운반꾼이라는 걸 알고 있었다.

"뭐, 반 정도는 소문이고 나머지 반은 추리일세. 사키는 다른 사람과 파티를 짤 만한 성격이 아니니까, 이전의 파티 그대로 아닐까 해서 말이네."

"아, 그랬군."

보통 파티 편성은 무슨 일을 하느냐에 따라 바뀌니, 맴버가 언제든 같다고 할 순 없다. 다만, 사키는 성격이 맞는 사람이 아니면 잘 짜려고 하지 않으니, 그런 추리를 할 수 있다.

"뭐, 애초에 사키가 몸을 의탁할 만한 사람이 한 사람밖에 떠오르지 않았지만 말일세. 다시 확인하겠네만, 자네가 하늘을 나는 운반꾼, 악셀 맞지?"

"사람들은 그렇게 부르더군. 참고로 이 아이가 바젤리아고, 어깨 위에 있는 게 데이지야."

"그래, 그래. 다행이야. 그리고 말이 나온 김에…… 이 아이가 이렇게 찰싹 달라붙어 있다는 건, 그대가 『불가시의 용기사』이자, 사키와 함께 여행한 악셀이란 의미로 보아도 되겠나?"

카틀레아가 내 팔에 들러붙은 사키와 나를 흥미진진하게 쳐다보면서 물었다.

아무래도 전후 사정을 확실하게 한 후에 일을 시작하는 성격인가보다.

나는 고개를 끄덕이며 대답했다.

"그래, 맞아. 원래는 용기사였어."

솔직하게 대답하자 그녀가 호오, 하고 목소리를 높였다.

"그랬구나, 그랬어……! 왕도의 정보원도 틀리지 않았군. 그런데…… 용기사에서 운반꾼으로 전직한 뒤에 하늘을 날아가듯이 달릴 수 있게 됐다는 게 사실인가?"

"하늘을 날아가듯이 얼마나 빠른 건지는 모르겠지만, 제법 빨리 움직일 수는 있어. 내 주관이지만."

"아, 그럼 내가 객관적으로 말할게~. 내가 보기에 주인은 용기사 때보다 더 빨라! 용기사 스킬을 몇 개 겹쳐 쓰지 않으면 따라잡을 수 없을 거야~."

바젤리아의 말에 카틀레아는 한층 더 흥미롭다는 시선으로 이쪽을 쳐다봤다.

"오오, 그건 정말 흥미롭군! 이 건에 관해서 전직 신전과 얼굴을 맞대고 이야기를 나누고 싶구먼……!"

카틀레아는 상체를 앞으로 내밀더니 나를 살펴보기 시작했다. 그리고 내 몸에 손을 댔다.

"호오……. 몸이 좋은 건 당연할 테고, 얼굴을 보는 건 처음이네만…… 과연. 전쟁 때를 생각하면 수라 같은 남자일지도 모르겠다고 생각했는데…… 흠."

"왜? 상상이랑 달랐어?"

"그래, 상냥해 보이는 얼굴이구먼. 그렇지만 어딘가 전쟁 냄새도 나는 것 같은데."

"냄새……? 뭔가 있어?"

"응~? 주인은 좋은 냄새밖에 안 나는데."

바젤리아가 킁킁, 하고 내 쪽에 코를 대고 말했다.

"아, 그건 카틀레아 특유의 이상한 표현이니 신경 쓰지 마세요. 뭐, 마력에도 냄새 같은 게 느껴진다는 건 부정하지 않겠습니다만."

"그러고 보니 리즈누아르는 주인에게 안길 때마다 그런 소릴 했지. 그 생각의 발원지가 여기였던 건가……."

"하하하, 뭐, 정말 한때라곤 해도 그 아이를 가르쳤으니, 어느새 말투가 닮았는지도 모르지. 어쨌든, 좋은 남자가 아닌가. 얼굴뿐 아니라 몸도, 분위기도 좋은 느낌이 드는군."

"그래? 칭찬 고마워."

"후후, 꾸밈없는 사실일세. 으음, 이 젊은 육체, 넘치는 마력, 멋지구나――."

그런 소릴 하면서 카틀레아는 내 손이나 얼굴에 손을 댔다.

"잠깐, 악셀 이야기를 하는 건 좋습니다만, 지금은 여기서 멈추죠."

사키가 카틀레아의 손을 제지했다.

"헌드레드, 우린 그런 이야기를 하러 온 게 아니에요. 악셀의 몸을 즐기고 싶은 건 저도 마찬가지입니다만."

"아, 미안하구나, 사키야. 무심코 신의 판단을 연구해보고 싶어서 달려들어 버렸구나. 연구자 기질을 참을 수가 없었거든."

쓴웃음을 지으면서 다시 몸을 뒤로 뺀 카틀레아는 다시 응접실 의자에 앉았다.

"좋아, 그럼 이야기를 처음으로 되돌려볼까. ──그럼, 자네들은 어떤 용무로 이 연구소를 방문한 건가?"

"아, 그건──."

그대로 나는 데이지와 함께 현재 상황을 설명했다.

그리고 몇 분 뒤.

"그렇군……. 무기를 수선하려고 정령의 샘에 가고 싶다. 그러니 안내, 혹은 가는 길을 알려달라는 건가."

대강 설명을 들은 카틀레아는 복잡해 보이는 표정으로 그렇게 말했다.

……뭔가 곤란한 거라도 있나?

반응을 보니, 뭔가 문제가 있는 듯한 분위기였다.

"안 될까?"

"아, 아니, 안 될 건 없네. 표정으로 착각하게 만들어서 미안하군."

카틀레아가 얼굴을 들더니 고개를 흔들었다.

"그럼 도와줄 수 있어?"

"물론이지. 자네들 덕분에 우리도 평화롭게 살 수 있으니, 가능한 한 도와주고 싶다네. 다만…… 당장은 어려울 것 같네."

카틀레아가 고민하는 듯이 목소리를 내더니 한숨을 쉬었다.

"……그래. 지금 여기서 이야기를 하는 것보다 실제로 정령의 샘으로 가는 길을 직접 보고 판단하는 게 빠르겠어."

"정령의 샘으로 가는 길? 그런 게 따로 있어?"

처음 듣는 정보였다.

카틀레아는 고개를 끄덕이면서 대답했다.

"그래. 있다네. 우리는 그 길을 『정령도』라고 부르지. 우리도 그걸 찾는 중일세."

"그건 즉…… 모든 건 길을 찾은 다음이라는 거겠군."

"그래, 잘 알아챘어. 과연 마왕 대전을 뚫어낸 능력자이구나."

만족스럽게 미소 짓더니, 카틀레아는 설명을 이어갔다.

"정령도는 어디서 나타난다고 정확히 정해진 게 없다네. 대신, 조건이 있지."

『정령 도시 주위에 있는 초원, 구릉 지대, 삼림 지대 어디선가 나타난다』

『한번 나타나면 같은 곳에 몇 번 나타난다』

"다만, 조건을 포함해도 너무 광범위해. 그렇다 보니 보통은 머리 숫자로 밀어붙여 찾아내지. ……오늘은 아직 못 찾았네만."

"그렇구나. 꽤 힘든 작업이군."

"뭐, 수수하고 힘든 작업은 우리에게 맡기게나. 찾아내는 대로 연락할 테니."

"괜찮겠어? 그런 큰 작업을 맡겨도. 힘이 필요하면 도와줄까?"

그러자 카틀레아는 고개를 저었다.

"어차피 조사하려면 꼭 해야 하는 일이야. 찾는 건 우리끼리도 할 수 있으니, 굳이 이런 일로 도움받을 것도 없지. 자네들은 우리가 길을 찾을 때까지 그저 이 도시에서 기다리면 된다네."

"흠, 그렇다면야 그렇게 하겠지만, 진짜 괜찮지?"

"그래, 마음만 받겠네. 마침 이 도시는 휴양지로 유명하니, 그걸 맛보는 게 어떤가? 다들, 이 도시에 막 온 참이지 않나. 이 도시의 주민으로서는 다소 즐겨줬으면 좋겠다는 마음이네."

카틀레아의 말에 나는 고개를 끄덕였다.

……카틀레아 말이 옳다. 모처럼 온천지에 왔지 않은가. 서둘러 하는 여행도 아니고, 관광이든 온천이든 즐겁게 지내면서 기다리는 것도 나쁘지 않을 거다.

더구나 이 도시에 처음 왔을 때 바젤리아, 사키, 데이지 모두 온천에 들어가고 싶은 눈치였고…….

　물론, 나도 온천에 들어가서 느긋하게 쉬고 싶다.

　"음, 그럼 온천에 가서 느긋하게 기다려 볼까."

　"오오, 고맙군. 뭐, 그리 오래 걸리진 않을 거야. 잘 풀리면 오늘이나 내일 중에는 연락할 수 있겠지. 이 거리를 느긋하게 즐기게."

　"아, 나야말로 도와줘서 고마워, 카틀레아 씨."

　이렇게 해서, 정령 도시에 오자마자 마술 연구소의 협력을 받고 느긋하게 쉴 시간도 얻었다.

제2장 ◆ 그리운 관계

신림 도시 일민즐.

숲에 둘러싸인 도시 중앙에는 푸른 잎을 빛내는 거대한 신수가 서 있었다.

그 신수 뿌리 옆에 있는 광장에서, 아침부터 중년 기사와 소년 소녀가 목제 무기로 대련하고 있었다.

"음, 좋습니다. 세실 씨, 조지 씨. 그렇게 하는 겁니다."
"네!"
"아직이야!"

소녀는 창, 소년은 대검을 써서 기합을 지르면서 검과 방패를 든 기사에게 덤벼들었다.

신림 기사단의 대련이었다.

이러니저러니 수십 분 동안 이어진 광경이었다.

"거기까지!"

대련을 지켜보던 남자── 기사단장 시드니우스가 호령했다.

땀범벅이 된 소년 소녀는 눈앞의 중년 기사에게 꾸벅 인사했다.

"하아…… 하아…… 감사했습니다."

"그래, 좋은 훈련이 됐어, 아저씨……."

"아뇨, 저야말로 단장님 자제분들과 훈련할 수 있어서 좋았습니다."

숨을 살짝 헐떡거리던 중년 기사는 심호흡을 몇 번 해서 숨을 가다듬고 시드니우스를 쳐다봤다.

"단장님, 이제 자제분들은 휴식 시간이죠?"

"네. 둘 다, 잠깐 쉬어라."

그 말에 두 사람은 하늘을 보고 누워 휴식을 취했다.

"알겠어요, 아버지……."

"예, 옙."

……얼추 한 시간은 버텼나.

매일 꽤 훈련을 쌓고 몇 번이고 실전을 거친 중년 기사와 비교하면 체력이 한참 모자랐다. 기사와 맞서기에는 아직 부족한 점이 많았다.

"그런데, 자제분들이 실전 형식으로 수행하겠다니, 변했네요."

방금까지 대련하던 중년 기사가 두 사람을 그렇게 평했다.

그 말에 시드니우스도 고개를 끄덕였다.

"그렇네요. 예전에는 기초를 배우고 바로 도시 밖으로 나가는 게 경험이 된다더니……."

뭐, 이번에도 조금만 지나면 도시를 나가겠다고 하겠지만.

그렇다고 해도, 모험가로서 나서기 전에 좀 더 강해지고 싶으니까 실전 형식으로 기사들과 수행하고 싶다고 할 줄은 몰랐다.

자신이 기사단장 자리에 있어서 그런가, 원래도 수행하기를 좋아하는 아이들이었지만, 실전 형식으로 상황을 세세하게 설정해서 하는 훈련은 그다지 좋아하지 않았다. 아이들이 실전은 도시 밖에서 배우면 된다고 생각하던 탓이었다.

다소 위험한 발상이었지만, 그들의 의사를 존중하고자 딱히 말리지는 않았다.

자기 인생은 자기가 원하는 대로 해야 한다고 생각하기에 아이들을 방임했다.

지금도 죽지만 않는다면 하고 싶은 대로 하게 두려는 방침은 변하지 않았다.

그런데 설마 자신들이 먼저 나서서 여러 가지 훈련을 하고 싶다 하다니…….

변한 건 내가 아니라 아이들이다.

나는 아이들의 부탁을 듣고 나와 부하 기사들의 훈련을 함께하도록 했다.

"짧은 기간이었는데 다시 봐야 할 정도로 성장했군요. 육체적으로든 정신적으로든."

"동감입니다. 이곳을 떠났을 때와는 비교할 수 없을 정도로 강해졌어요. ……정말 많이 변했군요."

"아마, 모험가 일을 하며 쌓은 경험도 있겠지만…… 제일 큰 건 모범이 될 사람을 찾아낸 게 아닐까 싶군요."

그러자 중년 기사가 호오, 하고 목소리를 높였다.

"이 도시를 구한 그 영웅 말입니까?"

"네. ……둘의 이야기에 이름이 나오는 그 사람 말입니다."

중년 기사와 시드니우스는 그들을 쳐다봤다.

그 둘은 잠깐 휴식한 뒤, 상반신을 일으켰다.

"누나, 훈련 중에 떠올랐는데, 악셀 씨의 움직임은 좀 더 부드러웠어."

"그래. 그건 나도 그렇게 생각해. 창에 너무 힘을 많이 줬는지도 모르겠어."

둘은 각자 몸을 풀면서 방금 한 훈련 이야기를 하고 있었다.

세실은 자신의 창을 신기할 정도로 부드럽게, 그리고 강하게 다루던 악셀의 모습을 떠올리며 말했다.

"눈앞에서 창을 다루는 걸 봤으니까, 조금은 흉내 낼 수 있을 줄 알았는데, 아직도 멀었네."

"맞아. 나도 보법을 흉내 냈더니 움직이기 쉬워졌는데, 아직 멀었어. ……그래도 좋겠다. 누나는 악셀 씨의 움직임을 본 데다, 잠깐이지만 몸으로 체험했으니까."

그러자 세실이 뚱한 표정으로 말했다.

"체험이라……. 뭐, 귀한 경험이기는 했지. 움직임을 직접 느껴 볼 수 있었으니까."

"그거 봐. 역시나."

"하지만 너는 여기 오던 도중에 역참 마을에서 악셀 씨랑 대련했잖아."

그러자 조지는 겸연쩍다는 듯이 웃음을 지었다.

"아, 알고 있었어? 비밀이었는데."

"그야, 계속 같이 여행했으니 당연히 알지. 나도 가르침을 받고 싶었는데……."

"아니, 그게, 누나만 힌트를 얻는 건 치사하잖아. 나도 뭐든 조금이라도 배우고 싶었다고. 빈 시간에 부탁했더니 잠깐 가르쳐줬었어."

그런 이야기를 하자 시드니우스가 다가와 곁에 앉았다.

"악셀 씨의 가르침인가. ……나도 듣고 싶군."

그 역시 호기심으로 가득 찬 표정이었다.

"아버지도 악셀 씨의 가르침이 어떤 건지 궁금해?"

"그야 그렇지. 그랑아블류도 내 세대부터 악셀 공의 움직임을 상당히 흡수했으니까."

"맞다, 그러고 보니 전에도 그런 말을 했었지."

"그러니 무슨 가르침을 받았는지, 재밌는 걸 찾았는지 들으러 왔다. 어땠어?"

"맞아, 맞아. 어땠어, 조지?"

여느 때보다 더욱 호기심으로 가득한 아버지의 눈에 조지는 음…… 하고 고개를 갸우뚱거렸다.

"그게…… 공부는 됐는데, 배우진 못했어……."

"무슨 소리야……?"

너무 애매한 말투였다.

조지는 기억을 더듬는 듯, 한마디 한마디 신중하게 말했다.

"아니, 대련에서 나는 목검, 악셀 씨는 맨손으로 했는데 ……악셀 씨가 날 단번에 날려버리는 바람에 움직임이 안 보였거든."

"뭐? 대련을 한 번만 한 것도 아니잖아? 그런데도 전혀 보이지 않았어?"

"응. 몇 번이나 했는데도, 전혀 보이지 않았어."

조지의 말에 세실이 아연한 표정을 지었다.

《대검 술사》는 중상위 직업인데, 그중에서도 조지는 제법 강한 편이다. 크고 무거운 무기를 사용하는 만큼, 상대의 동작을 민감하게 감지하고 공격 기회를 꿰뚫어 보는 눈을 가지고 있어, 상대의 움직임도 몇 번 보면 대개 기억할 수 있었다.

세실과 비교해도 뛰어난 눈을 가지고 있었다.

그런데도 조지는 몇 번이고 붙어도 전혀 보이지 않았다고 말했다. 세실은 이 사실이 몹시 경악스러웠다.

그러나 조지의 말은 이게 전부가 아니었다.

"게다가 날 붙잡아 휘두르는 힘이 엄청나게 강력했는데, 신기하게도 땅에 닿을 때는 충격이 전혀 없어서, 상처 하나 나지 않았어."

"즉, 정말 신중하게 상대해주셨다는 거군."

"그렇지…… 날 붙잡을 때도, 던질 때도, 전혀 아프지 않았어. 내가 검으로 벴다고 생각하면 어느샌가 천지가 뒤집혀 있더라고……"

조지는 정말 이해할 수 없었다고 말했다.

세실은 고개를 끄덕이면서 말했다.

"그랬구나. 악셀 씨는 정말 대단하네. 실력 차가 너무 많이 나면 오히려 상대하기 힘들 텐데."

"맞아. 그래도 상대해 준 건 감사하지만."

"그래야지. 아무래도 상대가 다치지 않게 배려해가며 싸우는 게 익숙한 모양인데."

실력 차가 많이 나는 상대와 대련할 기회는 그리 많지 않을 거다. 그리고 아무리 실력이 있어도 상대가 초보자라면 실수로 다칠 가능성이 작지 않다.

"아, 맞아. 악셀 씨도 그런 식으로 말했었어. 뭔가『오랜만이네』라더라. 전에도 이런 일이 있었나 봐."

"흠, 그렇구나."

"……뭐, 나와 한 것도 사실상 대련이 아니라 지도였으니까, 중간부터 악셀 씨가 속도를 늦춰주긴 했어. 그래도 전혀 안 보였지만."

조지는 자신의 양손을 보면서 다시 쓴웃음을 지었다.

그 기억을 떠올리고 있는 모양이었다.

"움직임을 단계별로 나누는 걸 보니 지도하는 것도 대련만큼 익숙한가 봐."

"아, 그 말도 했었어. 경험이 있대. 뭐, 그 덕에 나도 성장할 수 있었고."

"응? 뭘 더 배웠어?"

"후후, 바로 낙법을 배웠지! 움직임은 보이지 않았지만, 몸이 회전하는 순간만은 분별할 수 있었으니까."

조지는 웃으면서 그렇게 말했다.

"호오, 내 아들이지만 부럽구나. 악셀 씨의 가르침을 받은 데다 얻은 것도 있다니."

시드니우스가 그렇게 말하면서 일어섰다.

그리고 몇 미터 걸어가더니,

"……그럼, 슬슬 후식을 끝내고 2라운드를 시작할까."

시드니우스는 손에 들고 있던 목검을 지면에 꽂고 양팔을 벌리고 정말 즐거운 듯이 말했다.

"저기, 아버지, 2라운드는 괜찮은데…… 왜 목검을 바닥에 꽂은 거야?"

"음. 전에 맛봤다던 그 악셀 씨의 움직임을 떠올리기 위해, 내가 직접 조지를 던져볼까 해서."

"뭐, 뭐라고?! 아버지, 맨손으로는 안 되잖아?! 맨손으로는 힘 조절 못 하잖아!"

"그랑아블류는 맨손으로도 싸울 수는 있다고 해도, 힘 조절은 못 할 텐데……."

검이라면 어디를 맞출지 생각할 수 있어서 그런지 어느 정도는 힘 조절이 가능하다. 하지만 맨손 기술은 가감이 없어 꽤 아프다.

'맞는 것보다 던지는 게 주인가……. 아버지는 기사 중에서도 특히 맨손일 때 힘 조절을 못 할 것 같은데.'

물론, 상처 날 일은 없고, 검으로 맞아도 아픈건 결국 마찬가지니, 어느 쪽이든 별 상관은 없지만.

"나도 꽤 실력이 늘어서 힘 조절할 수 있게 됐다고. 게다가──낙법이 익숙해졌다면서? 그 성과를 보여주었으면 좋겠군. 정말

부러운 수행이야."

그렇게 말하자마자 시드니우스는 손뼉을 몇 번 치더니,

"자, 말할 시간도 아깝다. 간다, 조지."

양손을 살짝 앞으로 내민 자세로 싱글거리는 표정으로 이쪽으로 다가왔다.

세실은 뭔가 시드니우스의 발걸음이 평소 훈련보다 빠르게 느껴졌다.

"제, 젠장, 아버지, 진심인 것 같은데?! 막을 수 없을 것 같은데! 마력으로 몸을 강화했잖아!"

"아아 이런…… 악셀 씨의 이야기를 듣고 단단히 기합이 들어갔네."

"긁어 부스럼이었나! ──그래도 그걸 받아들이겠어! 그 악셀 씨에게 가르침을 받은 내가 얼마나 성장했는지 잘 봐둬, 아버지!"

그 말과 동시에 조지가 달려들었다. 그리고──

"우오오오오──?!"

"낙법도 그렇지만 누가 던지는 걸 받아들이는 것도 잘하게 됐구나……."

우리는 마술 연구소에서 다시 정령 도시 큰길로 나왔다.

"어디 보자. 카틀레아 씨가 여러 온천을 추천해주긴 했지만, 우선 여관부터 찾아볼까."

"알았어, 주인~."

"우선 이 근처에 여관이 모여있으니 몇 군데 돌아볼까요? 온천이 딸린 여관도 있으니까요."

"그래, 그렇게 하자."

딱히 묵고 싶은 곳이 있는 건 아니었지만, 모처럼이니 이 도시 특유의 설비를 가진 여관에 묵는 게 좋을 것 같았다.

그것도 여행의 묘미니까.

그런데.

"……친구, 왠지 사람들의 움직임이 이상한데."

데이지가 그렇게 말했다.

그 말을 듣고 데이지의 시선을 따라가 보니, 큰길을 다니는 사람들의 모습에 어딘지 모르게 위화감이 느껴졌다.

"그러네. 무언가를 피해 다니는 거 같은데."

"친구도 그렇게 생각해? 저쪽에 뭐가 있나?"

"마수가 침입한 건 아닌 것 같은데……."

도시에 마수가 들어왔다면 더 큰 소동이 일어났겠지만, 지금은 웅성거리는 정도였다.

……무슨 이벤트라도 하나?

그런 생각을 하며 지켜보고 있자니, 큰길에 있던 사람들이 쫙 갈라서기 시작했다.

"……."

갈라선 사람들 틈으로 건너편을 바라보니, 머리에 뿔이 두 개 달렸고 몸집이 큰 도깨비족 남성이 얼굴과 상반신을 검붉은 피로 물든 상태로 이상한 분위기를 풍기면서 말없이 큰길 중앙에 가만히 서 있는 모습이 눈에 들어왔다.

내 주위에서 웅성거리는 목소리가 들렸다.

"어, 어이, 괜찮은 건가? 저 도깨비족, 전신이 피투성이인데?"

"아, 그러고 보니 너, 이 도시에 온 지 얼마 안 됐지? 괜찮아. 최근에는 자주 보는 모습이야."

"그, 그래? 듣고 보니 뭔가 도시 사람들이 피해 다니는 것 같기도 하고, 아닌 것 같기도 하고……. 진짜 괜찮은 거 맞아?"

그런 이야기를 나누는 게 들렸다.

그것을 듣고 나는 옆에 있던 데이지와 사키에게 물었다.

"정령 도시에 피투성이 도깨비족이 나오는 건 자주 있는 이벤트야……?"

이 둘은 이 도시에 처음 오는 게 아니니까 뭔가 알고 있나 싶어서 물어봤다.

"글쎄? 내가 이 도시에서 지냈을 때는 그런 이상한 이벤트는 없었는데."

"저도 그런 얘기는 못 들었어요. 그보다 온천 도시에서 피투성이인 도깨비를 보여줄 필요가 없는데……."

데이지와 사키도 모르는 모양이다.

……그래, 평범하게 생각하면 그런 이벤트가 있을 리가 없겠지.

나는 다시 그쪽으로 눈을 돌렸다.

얼굴부터 몸까지 피로 더러워져 있어서 얼굴을 알아보기가 힘들었다.

"……응?"

그런데 그 모습을 보고 있자니 갑자기 뭔가가 떠올랐다.

"저기, 저기, 주인. 저 사람……."

바젤리아도 나와 마찬가지인 모양이었다.

"바젤리아도? 역시 우리가 아는 사람이지?"

우리가 그런 대화를 하자 피투성이 남자가 우리 쪽을 쳐다봤다.

"……음, ……거기 당신……."

사람들이 그의 시선을 피하듯 우리 주변에서 멀어졌고, 결국 나와 그의 시선이 마주쳤다.

이윽고 그가 우리에게 다가오자 주위 사람들이 더욱 우리에게서 멀어졌다.

'뭐야, 뭐야?' 하며 우리를 멀리서 바라보기 시작했다.

"……용기사 악셀, 인가?"

그가 낮고 쉰 목소리로 말했다.

귀동냥이 있는, 아니, 옛날에 자주 들었던 목소리였다.

"지금은 용기사가 아니지만, 너 혹시…… 게일이야?"

"역시 【권제의 용사】구나~. 오랜만~!"

나와 바젤리아의 말을 들은 도깨비족 거한── 용사 시절 동료였던 게일은, 그 자리에서 그래, 하고 한번 고개를 끄덕였다.

"역시 악셀이었군. ……하지만 이야기하기 전에 늘 하던 그것부터 하자…… 준비해…….."

게일이 내 눈을 똑바로 보면서 말했다.

……그리고 보니 옛날부터 이렇게 조용한 말투였었지.

"맨날 하던 거라면…… 그건가. 알았어."

나는 옛날 일을 떠올리면서 그렇게 대답했다.

그러자, 게일은 살짝 허리를 숙이더니,

"하압……!"

숨을 토하면서, 기합을 질렀다.

그 순간, 게일의 오른팔에서 마력으로 만들어진 주먹이 날아왔다.

아니, 정확히는 오른팔에서 투명한 분신이 나타났다.

주먹을 똑바로 쥔 분신이 그대로 내 쪽으로 왔다. 힘차게, 일직선으로.

거기에 맞추듯이 나도 한쪽 팔을 앞으로 쭉 내밀었다.

——퍽!

나는 한 손으로 분신의 주먹을 받아들였다.

분신의 주먹이 만든 충격으로 횡 하고 주위에 바람이 일었다.

바람이 가라앉을 무렵, 분신도 함께 사라졌다.

나는 내 손바닥을 보며 고개를 끄덕였다.

"오랜만에 봤는데, 여전히 주먹이 빠르네."

나는 손바닥이 보이도록 흔들면서 게일에게 소리쳤다.

그러자 그도 고개를 끄덕였다.

"……이걸 받아내다니…… 아무래도 사칭이 아니라 진짜 악셀인 모양이군."

그는 고개를 끄덕이며 이쪽으로 다가왔다.

"아니, 아직도 내 이름을 쓰는 사람들을 찾아 이런 식으로 확인하고 있었어? 예전이랑 똑같아서 똑같이 대응하긴 했다만."

예전부터 그는 내가 진짜인지 아닌지 확인하는 데에 이 수법을 썼다.

"……물론이지. 너를 사칭하는 건 인의에 반하니까. 그리고 나도 너무 다치지 않게 조절하고 있어. 실제로 주먹을 휘두르진 않아."

"뭐, 그야 분신의 일격이었으니, 속도만 빠를 뿐, 위력은 평범했지만……."

"……그래. 그렇게 하면 맞아도 기절로 끝난다. 내가 직접 주먹을 휘두르면 파괴해버릴 테니, 그것보단 낫지."

"그건 그렇지만, 애초에 내 얼굴을 본 사람은 거의 없으니……. 넌 얼굴만 보면 알잖아?"

옛날에는 비슷한 투구를 쓰고 내 이름을 쓰던 사람도 있었지만, 지금은 얼굴을 드러내고 있으니 굳이 확인할 것도 없지 않나?

"…………."

그러자 게일은 시선을 돌렸다.

"아, 까먹었나 보네."

"으…… 아니, 그렇지 않다. 네 얼굴은…… 용사 이외의 인간이 본 적이 거의 없으니 변장은 아니라고 생각했지만…… 만약을 위해서다. ……애초에 난 사람을 기억할 때 얼굴이 아니라 기량과 근육으로 기억하니까."

좀 구차한 변명이었지만, 뒷부분은 사실이다.

……게일은 별로 붙임성이 좋지 않은 데다 얼굴이 험하게 생겼다는 자각이 있어, 가능한 한 다른 사람의 얼굴을 뚫어지게 쳐다보지 않도록 하고 있다.

그래서 사람을 만나면 얼굴을 기억하는 것보다 몸매, 근육, 가진 스킬로 판단한다. 물론 동료들도 이 사실을 알고 있다.

"여전하네요, 이 남자는. 강직한데도 조금 어설픈 점이 옛날이랑 똑같아요."

"맞아, 이 광경도 오랜만이야."

"뭔가 그립네."

내 옆에 있던 사키와 데이지도 그렇게 말했다.

게일은 그 말을 듣고 다시 입을 열었다.

"……이 마력은…… 마술의 용사와 카벙클, 그리고 용왕인가."

"정말…… 앱손루웬트는 우리의 기술이나 특성으로밖에 기억을 못 하는군요."

"……미안, 마술의 용사. 노력은 하고 있다만…….."

"네, 저도 알아요. 기억하려고 해도 먼저 힘에 눈이 가시는 건. ……뭐, 나로서는 악셀의 얼굴과 이름을 기억하고 있는 것만 해도 다행이라 생각해요."

"그러고 보니 그렇네. 왜 내 얼굴만 기억하고 있는 거야?"

전부터 신경 쓰였었다.

그래서 새삼 다시 물어보니 게일은 살짝 인상을 썼다.

"······으음. 그건 잊을 수 없지. 그 투구가 저절로 씌워지는 잠 깐 사이에 얼굴을 보려고 하면 눈을 단련할 수 있으니까. 그러다 보니 기억하게 됐지."

게일이 그렇게 그때를 떠올리는지 고개를 끄덕이며 대답했다.

"뭐, 그 투구는 한순간도 벗을 수가 없었으니까······. 제일 길 때도 1초를 넘기지 못했고."

"우리같이 신체 능력이 좋거나 눈이 좋은 사람이 아니라면 보이지도 않았지······."

"응. 나랑 사키가 마법을 걸어도, 바젤리아가 투구를 잡고 있어도 순식간에 악셀의 머리로 돌아갔으니까."

"사랑하는 악셀의 얼굴을 눈에 새기기 위해서 이런저런 짓을 했었죠. 지금은 좋은 추억입니다."

모두가 살짝 쓴웃음을 지었다.

어쨌든 지금은 다 지나간 이야기다.

"뭐, 어찌 됐든 지금은 벗었으니까 됐어. 나도 이제 생각하기 싫거든. 그런 것보다 게일, 이야기나 해보자고. 왜 피투성이가 된 거야? 네 피는 아닌 것 같은데."

그러자 게일은 자기 몸을 내려다보더니 등 뒤를 가리켰다.

"······저쪽 평원에서 대형 마수를 사냥했다. 그런데 쓰러트려도 마석으로 변하지 않더군."

게일은 가까이 있는 건물—— 모험가 길드 지부 쪽을 쳐다봤다.

"그래서 모험가 길드 접수대까지 그 마수를 짊어지고 왔는데, 오는 동안 길이 피로 더러워지지 않도록 들고 왔더니 이렇게 됐다. 뭐, 보기 좋은 꼴은 아니지. ……그래서 얼른 피를 씻으려고 길드를 나왔는데, 마침 너희가 보였다."

"아아, 그래서 이런 모습이었던 거야?"

"음. 다시 만날 수 있을지 어떨지 모르니까. ……이제 씻어내야겠군."

게일은 그렇게 말하자마자 양손을 지면으로 향한 상태로 허리 옆에 두고는,

"【컨버트】……!"

라고 외쳤다.

그 순간 게일의 몸이 하얀빛으로 뒤덮이더니, 그의 몸이나 의복에 붙어 있던 피에 닿은 순간, 얼룩이 사라지며 빛이 붉게 바뀌었다.

"——."

그러고는 붉은빛이 게일의 몸에 흡수되듯 사라졌다.

"저기, 리즈누아르. 전부터 생각하던 건데, 저건 뭘 하는 거야? 난 아직도 권제의 용사가 무슨 마법을 쓰는 건지 모르겠어."

"무식하시네요…… 라고 말하고 싶지만, 저건 동양계 마법이니, 당신이 모르는 것도 당연하겠군요. 간단히 말하면, 단전 호흡술의 일종이에요. 다른 생명체의 피를 마력으로 전환해서 흡수하여 자신의 몸을 회복하고 마력을 보충하는 겁니다. 전쟁할 때도 저러는 걸 봤잖아요?"

"흐음~. 그때도 피를 묻히고 다녀서 『적귀(赤鬼)』라는 별명이 생길 정도였으니 왜 저럴까 하고 궁금하긴 했는데, 그래서 그랬구나~."

사키의 말대로, 빛과 함께 피 얼룩도 말끔히 사라졌다.

"이제 됐군……."

"주먹도 그렇지만, 솜씨가 여전하네."

"아직도 수행이 부족하지만 말이지. ……피는 지웠지만, 땀과 진흙이 여전하니, 피로도 풀 겸 목욕을 할 생각이다. 이 도시 온천은 정화 작용도 있어 훌륭해……."

"오오, 온천인가. 좋네. 나도 가보려던 참이었는데."

그렇게 말하자 게일은 몇 초간 생각하듯이 눈을 깜빡거리더니.

"음? 그러면 너도 같이 갈 텐가? 좀 더 이야기를 나누고 싶은데."

"나도? 탕이 넓어?"

"내가 묵고 있는 숙소가 가까이 있다. 큰 탕도 있고, 1인용 탕도 있지. 괜찮다면 어딘지 알려주마. 내가 추천하는 숙소다."

"오~, 여행을 좋아하는 게일이 그렇게까지 말하다니, 정말 괜찮은 곳인가 보네."

게일은 용사 시절부터 그랬지만 수행이라는 명목으로 자주 여행을 다녔다.

국내외를 불문하고 각지의 도시를 다녔으니, 숙소를 보는 눈도 꽤 좋을 거다.

그런 그가 추천하는 여관이라니, 분명히 좋은 곳이리라.

다른 사람들도 나와 같은 생각이었다.

"권제의 용사가 추천하는 여관이라. 어떤 곳일까?"

"의외로 눈이 섬세한 남자니까, 좋은 곳일 거예요."

"그렇지~. 꽤 기대되네."

흥미가 동한 모양이다. 그래서,

"그래. 그럼 부탁할게, 게일."

"알았다. ……이쪽이야."

그렇게, 옛 동료와 만난 우리는 정령 도시 여관으로 향하면서 오랜만에 이야기를 즐겼다.

"도착했다."

게일과 옛날이야기를 하며 몇 분 걸었다.

정령 도시 중앙부에서 약간 떨어진 곳에 커다란 석조 건물이 있었다.

커다란 저택 같은 건물이었다. 출구에 있는 현관에는 커다란 문이 있었다.

그 옆에는 건물 이름이 적힌 간판도 서 있었다.

"어라~? 의료 길드라고 적혀 있는데, 주인~."

그랬다. 간판에는 여관이라는 글자는 없었고 『의료 길드 본부』라는 글자만 적혀 있었다.

"게일, 정말 여기가 여관이라고?"

"그래. 들어가 보면 알아."

게일이 그렇게 말하고 문에 손을 댔다.

게일을 따라서 건물 안으로 들어갔더니 넓은 로비가 보였다.

"어머? 다녀오셨나요, 게일 님."

손님을 맞도록 배치된 카운터 테이블 안쪽에 적갈색 머리에 메이드복을 입은 젊은 여성이 있었다. 여성은 게일의 모습을 보자 카운터에서 나와 부드럽게 미소 지으면서 인사했다.

"오늘도 마수 토벌 수고하셨습니다. 다치진 않으셨나요?"

"그래, 문제없다. 걱정해줘서 고맙군."

"아뇨, 아뇨. 의료 길드로서는 다치지 않으신 게 무엇보다 기쁘니까요."

후후, 하고 상냥하게 웃더니 우리 쪽으로 시선을 옮겼다.

"그런데, 이분들은 어쩐 일이시죠……? 어머, 마왕 대전에서 활약하신 분들이 아니신가요?"

"용사 시절 동료다. 묵을 곳을 찾고 있다길래 데려왔지."

게일의 대답을 들은 메이드복을 입은 여성이 말했다.

"어머, 어머! 역시 그랬군요! 바로 방을 준비하겠습니다. 저희 의료 길드 겸 여관에 잘 오셨습니다!!"

메이드복을 입은 여성―― 보탄이 꾸벅, 인사했다. 그러더니 품속에서 종을 꺼내더니 두 번 울렸다.

그러자 로비 안쪽에서 사람들이 움직이는 기척이 느껴졌다.

그녀는 벨을 도로 품에 넣고 다시 인사했다.

"인사가 늦었네요. 저는 이 여관의 지배인이자 의료 길드【오퓨커스】의 길드 마스터인《가정부장》보탄 글로리아라고 합니다."

"의료 길드 겸 여관……. 정말 여관이었구나, 여기."

길드 마스터가 자기 입으로 그렇게 말했으니 의심할 여지가 없다.

"네. 게일 씨가 그런 말은 안 하셨나요?"

"여관에 묵고 있다고만 했고, 자세히 듣진 않았지."

"으음…… 다른 이야기를 하는 데 집중하는 바람에. 미안하군."

게일은 미안하다는 듯이 말했지만, 보탄은 상냥하게 웃으면서 고개를 흔들었다.

"후후, 괜찮아요. 게일 씨는 의료 길드 소속도 아니고 손님이니, 자세한 건 저희가 말씀드리는 게 옳겠죠. ——가볍게 설명해 드리자면, 여기는 의료 길드 본부입니다만, 탕치장(湯治場) 겸 여관도 하고 있습니다."

"아~ 탕치장인가. 그 말을 들으니 납득이 가네."

온천 여관이라는 단어와 의료 길드라고 하는 단어가 살짝 이어지지 않았는데 듣고 보니 인상이 바뀌었다.

"네. 치료는 병원에서만 하는 게 아니니까요. 여관은 일상생활의 습관 등을 전반적으로 진찰하기에 유용합니다. 물론 의료 길드 소속 병원도 반대편 거리에 있습니다."

……의료 길드는 다른 도시에서도 병원은 많이 봤는데 병원 말고도 여러 가지를 하는구나.

"음…… 저기, 실례가 아니라면 당신의 이름을 가르쳐 주시지 않겠습니까?"

"응? 나?"

"네. 죄송합니다. 용사님 일행의 얼굴과 이름은 알고 있습니다만…… 당신도 게일 님의 동료셨죠? 분위기로는 어떻게든 굉장한 분이란 건 알겠습니다만, 죄송합니다……."

"아, 아니, 괜찮아."

그러고 보니 아직 나는 이름을 대지 않았다.

미안해할 필요는 없는데.

내가 입을 열려는 와중에 게일이 먼저 말했다.

"이 남자도 내 동료이자 친구다. ──용기사 악셀이다."

"아, 이젠 전직이지, 게일. 지금은 운반꾼이야."

게일의 말에 덧붙여서 말했다.

"어머…… 운반꾼 악셀이라는 건, 혹시── 하늘 나는 운반꾼 악셀 님입니까?!"

보탄은 눈을 크게 뜨고 내 얼굴을 물끄러미 쳐다봤다.

"어라, 알고 있었구나."

"네, 물론! 물론이죠! 고룡도 쓰러트렸다는 운반꾼이니까요! 용사와 같은 이름이라 동일 인물 설도 있었습니다만…… 그게 사실인지는 몰랐네요…….."

보탄의 말을 듣고, 으음, 하고 게일이 침음성을 흘렸다.

"속세를 떠나 수행하는 동안에 그런 이명이 붙었던 건가, 악셀."

"어느새 그렇게 됐어."

에니아드에서도 그랬지만, 상당히 소문이 퍼져있는 모양이다. 말하는 걸 보면 용사라는 게 확실하게 판명된 건 아닌 모양이지만.

……뭐, 그런 소문이 난다고 해도 딱히 상관은 없지만, 소문이 참 빨리 퍼지는구나.

"그…… 글로리아 가정부장."

보탄 뒤에서 메이드복을 입은 여성 한 명이 다가오더니,

"지시하신 대로 방 준비를 끝냈습니다."

"어머, 빠르게 해 줘서 고마워."

"아, 아뇨. 용사님들에게 도움이 될 수 있어서 영광입니다. 그럼 저는 실례하겠습니다!"

메이드는 약간 흥분한 표정으로 보탄과 우리에게 인사하더니, 그대로 돌아갔다.

"그럼 여러분, 부디 이쪽으로. 방을 준비했으니 안내해드리겠습니다."

"도착하자마자 바로 준비해주다니, 미안하네."

"아뇨, 원래 이 여관은 소개받은 사람만 올 수 있고 언제라도 요인을 받아들일 수 있도록 빈방도 많아요. 무엇보다 게일 님의 소개라면…… 아니, 악셀 님 같은 용사님들이라면 전쟁 때 저희 의료 길드 사람들을 많이 도와주셨으니까, 이 정도는 당연합니다."

그렇게 말하더니 보탄은 비스듬하게 서서 손으로 로비 안쪽을 가리켰다.

"그럼, 지금부터 의료 길드에서 감사를 담아 최선을 다해 악셀 님 일행을 대접할게요."

보탄이 안내해 준 방은 편히 쉴 수 있는 객실 하나에 침실 몇 개가 있는 꽤 넓은 방이었다. 게다가,

"와~, 온천이 딸린 방이야~."

객실 안쪽에는 창을 두고 커다란 발코니가 있었는데, 중앙에 커다란 바위가 있는 원형 온천이 있었다.

"욕실이 있는 방을 준비했습니다. 탈의실은 양쪽 끝에 있으며, 마도구로 온천 중앙에 칸막이를 설치할 수 있으니 좌우 남녀를 나눌 수 있습니다. 또한 입욕 중에는 발코니 창이 불투명하게 변하는 기능도 있으니 안심하시기 바랍니다."

확실히 창문 곳곳에 주문이 새겨져 있다. 아마, 그게 불투명화 마법이겠지. 그리고 원형 온천 중앙에 배치된 바위에도 주문이 새겨져 있었다. 즉, 둘 다 마도구였다.

"방에 온천이 딸린 것도 대단한데 마도구까지 있을 줄이야. 설비가 굉장하네."

"파티끼리 묵는 분들이 많은 방인지라. 그럼 편히 즐겨 주세요. 잠시 후에 저희 여관이 자랑하는 차를 대접하겠습니다."

"응, 고마워 보탄 씨."

"아뇨, 아뇨. 당연한 일입니다. 그럼, 다음은 게일 님 방에 갈까요."

"음, 알았다. ……이따 다시 오겠다, 악셀."

"그래."

그렇게 보탄과 게일은 방을 나섰다.

"자, 묵을 곳도 정해졌으니…… 온천부터 들어가 볼까!"

"찬성——!!"

수십 분 뒤.

"하~ 좋은 온천이네, 친구."

"그러게."

나와 데이지는 욕탕에서 나와 객실에서 느긋하게 쉬었다.

나는 의자 등받이에 늘어진 채로, 데이지는 젖은 털을 수건으로 감싼 채로 테이블 위에 누워서 쉬고 있었다.

"들어가 보고 알았는데, 이 온천은 꽃향기 같은 좋은 향이 나. 탕에서 나왔는데도 계속 느껴져."

"정령 도시에만 있는 마력이 작용해서 각자에게 가장 어울리는 꽃의 향기가 배는 모양이야. 구체적인 원리는 길드에서도 아직 연구 중인 모양이지만. 그 증거로, 나와 친구에게 밴 냄새가 달라."

그렇게 말하더니 데이지는 몸을 나에게 기댔다. 그것만으로 데이지의 몸에서 나는 향이 느껴졌다.

"음, 뭔가 감귤계 꽃 같은 향이 나네. 내 향은…… 잘 모르겠는데. 뭔가 다른 것 같긴 하지만."

내 피부에 코를 갖다 대도 달리 짐작 가는 게 없었다. 다만, 나쁘지 않은 향이라는 건 알겠다. 데이지도 고개를 끄덕였다.

"음, 어딘가 섹시한 향이라 좋은데? 좀 시간이 지나면 향에 익숙해질 테니, 그때 알게 될지도 모르지."

"뭐, 어느 쪽이든 좋은 온천인 건 틀림없는 것 같다. ……그런데 너희는 왜 이렇게 지쳐 보이는 거야? 괜찮아?"

나는 객실 소파에 축 늘어진 바젤리아와 사키를 바라보며 말했다.

둘 다 타올 한 장 차림으로 비틀거리며 탕에서 나오더니, 소파에 곧장 쓰러졌다.

축 늘어진 둘은 수상한 눈빛으로 이쪽을── 아니 데이지를 쳐다보고 있었다.

"으으…… 코스모스는 치사해. 주인이랑 같이 목욕할 수 있다니……."

"지극히 동감입니다만…… 당신이 입욕 중에 방해하지 않았으면 칸막이를 뚫고 갈 수 있었습니다, 하이드라……!"

"주인에게 허락을 받은 것도 아닌데 엿보게 내버려 둘 리가 없잖아……! 리즈누아르도 나를 막고 있었던 주제에……!"

아무래도 탕 안에서 다툰 모양이다.

탕이 계속 물결이 쳤던 이유가 이거였나.

온천 중앙에 있던 바위처럼 생긴 마도구는 욕탕의 소리를 막는 효과도 있는지, 전혀 깨닫지 못했다.

……뭐, 둘 다 피로는 풀린 것 같으니, 괜찮겠지.

그때.

"실례합니다."

보탄의 말과 함께 노크 소리가 들렸다.

"차를 가져왔는데, 방에 들어가도 될까요."

"아, 잠깐 기다려 줘. 둘 다, 옷 좀 입어줄래?"

아무리 그래도 수건 한 장만 걸치고 누워있던 동료들을 그대로 둘 수는 없었다.

몸이 식는 것도 좋지 않고.

"음, 악셀, 입혀 주세요."

"아, 나도!"

"……두 사람 다, 언제나처럼 기운차 보여서 다행이구나."

결국, 나는 두 명의 옷을 입혀 준 뒤에 문을 열었다.

문 너머에는 나무로 된 손수레를 끌고 온 보탄이 서 있었다.

 "슬슬 탕에서 나오셨을 것 같아서 마실 것을 가져왔습니다. 들어가도 될까요?"

 "그래, 물론이지."

 목욕한 뒤라 목도 말랐기에 정말 고마웠다.

 "이것이 정령 도시에서 유명한 차입니다."

 객실에 앉아서 기다리고 있자니, 보탄이 우선 손수레에 실려 있던 차를 꺼내 각자에게 나눠줬다.

 "음, 시원하고 맛있네."

 "어라? 뭐랄까, 차가운데 한편으로는 따뜻한 느낌도 들어."

 한 입 마신 것만으로 수분이 쏙 흡수되는 듯했다. 그뿐만이 아니라, 바젤리아 말대로 차가운데 몸이 녹는 듯한 느낌도 들었다.

 "마력이 풍부한 온천수를 사용하여 상태 이상 내성을 올려 주는 효과도 있답니다."

 "허, 그렇구나~."

 바젤리아가 감탄하며 고개를 끄덕이더니 차를 열심히 마시기 시작했다. 어지간히도 목이 말랐나 보다.

 "그런데, 온천은 어떠셨나요."

 보탄이 차를 한 잔 더 따라주면서 나에게 물었다.

 "응, 기분 좋았어. 피로도 풀렸어."

 "정말이신가요? 우리 여관이 자랑하는 탕이랍니다."

보탄은 그렇게 말하면서 웃고는 손수레 위에 있던 투명한 뚜껑이 달린 케이크 스탠드의 뚜껑을 열었다.

"여기 다과도 있으니까, 부디 맛봐주세요. 바젤리아 님이 아까부터 보고 계시던 이 과자도 맛있답니다."

"이히히, 들켰나. 점심 먹은 지 좀 돼서 배고팠거든. 그럼, 잘 먹겠습니다~."

바젤리아는 보탄이 건네준 케이크를 입에 넣더니 맛있다는 듯이 웃었다.

……보탄 씨는 배려를 잘해주는 사람이구나.

이런 빠른 대응은 평소에 손님의 처지에서 생각해야만 가능한 거겠지.

──쿵쿵.

하고, 다시 노크 소리가 났다.

다만, 이번에는 보탄의 노크보다 약간 묵직한 소리였다.

"게일이다. 잠깐 들어가도 될까."

문 너머에서 그런 말이 들렸다.

"오, 무슨 일이야, 게일? 너도 목욕이 끝나서 우릴 보러 온 거야?"

"그래. 그러려고 했는데…… 그 전에 너를 만나러 온 손님이 있다. 만나 줄 수 있을까?"

"내 손님?"

"……그래. 너한테 온 손님이다."

게일은 잠깐 생각하더니 말했다.

왜 그걸 게일이 전달하는지는 모르겠지만, 여기 와서 게일이 여러 사람을 소개해줬으니, 딱히 문제없겠지.

"괜찮아. 들어와."

"음…… 그럼 열게."

내가 대답하자 문이 열렸다.

그러자, 문 너머에는 게일이 있었다.

"오, 악셀! 여기 있었나."

"카틀레아 씨?"

"그래, 또 금방 만났구먼."

그리고 점심때 봤던 카틀레아가 게일 뒤에 있었다.

약간 당황스러운 표정이었다. 그녀도 내가 여기 있다는 건 몰랐던 모양이다.

"왜 온 거야?"

"음, 원래는 게일에게 용무가 있었는데, 도중에 자네의 이야기가 나왔거든."

"내 얘기?"

그러자 게일이 대답했다.

"악셀, 네가 뭘 하러 왔는지는 모르겠지만…… 정령도를 통해 정령의 샘으로 가려는 거지……?"

"응? 뭐 그렇지."

"그럼 운이 좋군……. 나는 거기에 관련된 의뢰를 받았으니 널 도와줄 수 있을 것 같다."

"어…… 무슨 소리야?"

이야기가 툭툭 끊어져서 무슨 말인지 모르겠는데.

"도와준다는 건 고마운데, 자세하게 좀 말해줄래? 차라도 마시면서 이야기해 보자."

"음…… 그럼, 들어갈게."

"그래."

객실 테이블로 온 나는 보탄이 주는 차를 받으면서 반대편에 앉은 카틀레아와 게일의 이야기를 들었다.

"듣는 사람이 많아져서 헷갈릴 수 있으니, 내가 어떻게 된 건지 설명하지. 내가 정령도에 관해 게일에게 의뢰한 게 있었다네. 오늘도 그 건으로 게일을 만나러 왔네만…… 그 일이 자네 목적이랑 연관이 있는 이야기라서 말일세."

"정령도를 찾아내서 샘으로 가는 거 말인가?"

"그래. 그래서 내가 『일이 이렇게 되었으니, 악셀이 있는 곳에서 이야기하는 게 좋겠네. 지금 어디 있는지 찾아볼 테니 잠깐 기다리게』하는 뜻을 말했더니, 게일이 말도 없이 일어나 이리로 오더군. ──그래서 그대와 대뜸 마주치게 되었다는 것이지."

그래서 아까 당황한 표정을 지었던 건가, 하고 카틀레아가 그런 표정을 지은 이유를 이해했다.

"정말이지…… 악셀이 여기 있으면 있다고 말하면 됐거늘."

"……그저 손님인 내가 여기 숙박하는 사람 정보를 다 드러낼 수는 없지. 이렇게 할 수밖에 없었다."

"고지식한 녀석이네──. 뭐, 입이 무거운 것도 장점이니, 나쁜 건 아니지만……."

"여관 지배인으로서는 게일 님의 대응이 올바르다고 생각합니다."

우리에게 차를 따라주던 보탄이 그렇게 말하면서 카틀레아에게 미소를 지어 보였다.

"나도 알고 있네. 정보를 지키는 것도 중요하지. ……그래. 이번 정령도 건은 정령 도시 전체에 영향을 주니, 보탄, 너도 듣는 게 좋겠군."

"네, 그럴 생각으로 기다리고 있습니다. 다만, 카틀레아 씨, 그 일은……."

"그 일도 지금 확실히 여러 시도를 하고 있어. 잘 풀릴 것 같으면 꼭 연락하도록 하지."

"네, 부탁드립니다……."

보탄이 진지한 얼굴로 카틀레아에게 말했다.

지금까지 본 적 없는 심각한 표정이었다.

"뭔가, 곤란한 일이라도 있어? 그럼 먼저 이야기해도 되는데."

"아, 아뇨. ……지금 하는 이야기와는 별로 상관없는 일이니, 신경 쓰지 않으셔도 됩니다."

"그래?"

정령 도시 전체에 영향을 끼치는 일이라고 했으니 무슨 문제를 안고 있는 거 같은데 말이지.

뭐, 보탄이 신경 쓰지 말라 했으니, 지금은 놓아두는 편이 좋겠군.

"뭐, 지금 할 이야기도 아니고. 슬슬 원래 하려던 이야기를 시작해 볼까. ──방금 게일이 악셀을 도와준다는 거 말이네만."

"그 말이 신경 쓰였는데, 게일이 지금 하는 일은 그거잖아? 마수 토벌. 그게 나한테 도움이 된다고?"

낮에 게일과 나눈 이야기를 떠올리면서 물었다. 그러자 게일이 고개를 끄덕였다.

"맞다. 내가 마수 토벌을 하는 건 ──정령도를 노리고 나타나는 마수를 물리치기 위해서다."

"정령도를 노린다고?"

무슨 일이냐고 묻기도 전에 카틀레아가 다시 말했다.

"그래. 정령도라는 건 마력으로 구축된 차원을 건너는 길이야. 그래서 정령도가 나타날 때 진한 마력이 공간에 흘러 들어가는데, 그것을 노리고 마수가 나타나는 걸세. 만약 그렇게 마수에게 마력이 먹히면 정령도는 나타나지 않는다네."

"허, 그럼 마수를 토벌해야만 갈 수 있는 거나 마찬가지구나."

"그래. 전에는 정령도의 출현 구조가 달라 마수가 나타나는 일이 적었네만, 지금은 정말 큰 문제가 되었지. 정령도를 찾아내도 마수한테 먹혀 버리면 의미가 없지 않겠나."

한숨을 쉬며 카틀레아가 말했다.

나는 곧장 신경이 쓰이는 부분을 물어보았다.

"출현 구조라니, 그럼 예전과 지금이 다르단 말이야?"

"그렇지. 예전에는 출현과 동시에 결계가 생겨 마수들을 막았거든. 결계가 눈에 보일 정도로 강력했지. 그런데 최근에는 그 결계가 없어 마수들이 모여들게 되었다네."

"카틀레아 님 말씀대로, 최근 몇 달 동안에는 정령 도시 주변에 마수의 출몰 빈도가 크게 높아졌어요. 의료 길드원들이 전투에 나가는 일도 그만큼 많아졌고요."

보탄이 슬픈 표정으로 말했다.

"그렇지……. 그래도 그건 나쁜 일만 있는 건 아냐. 게일 덕분에 마수를 꽤 줄였네. 게다가 좀 아이러니하네만, 마수가 모여드는 걸 표식으로 삼아 계산하면, 정령도가 나오는 곳을 어느 정도

추측할 수 있다네. 방금 계산을 끝마치고 온 참이지. 이 도시 옆에 있는 초원에서 나타날걸세."

"오~ 잘됐네."

"그렇지? 그래서 본론이네만, 그대들에게 부탁하지. 오늘 시간이 된다면 우리 마술 연구소 연구원들을 따라 게일과 함께 초원으로 와 줄 수 있나?"

"……오늘? 곧 정령도가 나타난다는 거야?"

내 말에 카틀레아는 작게 고개를 끄덕였다.

"정령도는 한번 나타나면 하루 중 아침, 낮, 저녁. 이렇게 세 번 나온다네. 즉, 지금 마수가 모이는 곳을 정리하면 다음 정령도를 찾을 수 있다네. ……계산대로라면."

"그렇구나……."

"마수를 쓰러트릴 수 있는 실력자가 많으면 많을수록 좋겠지. 요약하자면 자네들에게 도움을 요청하고 싶다는 걸세. 아울러 자네의 정령도를 찾아달라는 의뢰 말이네만, 막상 정령도를 찾았을 때, 그 정령도를 통과하는 방법을 설명해줘야 하지 않겠나. 그런고로 오늘 다 같이 가는 게 어떠냐는 이야기이지."

카틀레아가 그렇게 말했다.

"설명은 이 정도로 하지. 어때? 갈 수 있겠나?"

이만큼 상황이 갖춰졌다면 내 대답은 하나다.

방 안에서 이야기를 듣고 있던 동료들도 나와 같은 마음일 거다.

"물론이지. 온천 덕분에 피로도 풀렸고, 정령도를 찾아야 하는 건 우리도 마찬가지니, 끝까지 도와줄게."

최강 직업〈용기사〉에서 초급 직업〈운반꾼〉이 되었는데,
어째서인지 용사들이
의지합니다

제3장 ◆ 관문

크레이트의 전직 신전.

전직의 신을 모시는 무녀는 오늘도 언제나처럼 신전 청소에 힘쓰고 있었다.

"안녕하세요~."

그런데 이날 밤은 평소에 마주칠 일이 없는 사람이 신전 사무소를 찾아왔다.

"어머, 팡 씨, 오랜만입니다."

성검의 용사 팡이었다.

그에 뒤에는 군복 차림의 여성 부관이 서 있었다.

"몇 달 만이네요, 무녀님. 갑작스럽지만, 악셀 씨는 크레이트에 돌아오셨나요?"

"네? 악셀 씨요? ……아직 이 도시에서 모습을 보지 못했으니, 돌아오시지 않은 것 같습니다만……."

확증은 없지만, 도시에 나갔을 때도 하늘 나는 운반꾼이 크레이트에 있다는 소식은 듣지 못했다.

"그런가요……. 또 길을 더듬어 찾는 수밖에 없겠군요. 일단 에니아드에 들렀다는 소문을 듣긴 했는데, 거기에 가면 만날 수 있을지도……. 한번 가 봐야겠군요."

"그럼 에니아드로 가시는 건가요?"

"네, 그러려고요."

무녀는 팡의 말을 듣고 퍼뜩 뭔가를 떠올렸다.

"만약 에니아드로 가신다면 마침 신전에 조금 까다로운 사정이 있는 분이 있는데, 그분을 데려가 주실 수 있나요?"

"까다로운 사정이요?"

"네……. 직접 만나보시겠나요?"

무녀는 그렇게 말하고 사무소 안쪽 생활 공간으로 향했다.

안에서 웬 남자 한 명이 방을 청소 중이었는데, 바로 에니아드 토지신을 섬기는 《신관》── 루이였다.

"음? 무슨 일인가?"

"루이 씨. 잠깐만요. 마침 검의 용사님이 에니아드로 가신다는데, 잠깐 이야기를 듣고 싶어서요."

"과연. 지금 가지."

루이는 고개를 끄덕이더니 청소를 멈추고 팡이 있는 곳으로 걸어왔다.

그리고 무녀는 루이와 나란히 섰다.

"이분입니까?"

"네. 에니아드 토지신을 섬기는 《신관》, 루이 씨입니다."

무녀가 그렇게 소개하는 말을 듣고 고개를 숙였다.

"처음 뵙는군, 검의 용사님. 에니아드 고고학 길드 소속 《신관》 루이라 하오."

"반갑습니다. 팡이라고 합니다. 그런데 에니아드 분이 왜 여기 계신 건가요?"

"실은 토지신님의 명을 받아 이곳으로 왔는데, 도착했을 때는 이미 모든 게 해결된 상황이었던지라."

"네? 그게 무슨 말인가요?"

"내가 받은 명령은 운반꾼 악셀이라는 분을 토지신님 앞으로 인도하는 일이었네."

그 말을 들은 팡은 아아, 하고 한숨을 쉬었다.

"그렇군요…… 당신도 악셀 씨의 속도에 허둥지둥하셨군요. 그 마음 이해합니다. 스토킹하는 게 얼마나 힘든지……."

"그렇…… 음……? 뭔가 이유가 다른 것 같은데……?"

"아, 스토킹이라기보다 집착이라고 하는 게 정확하겠네요. 그 마음이 가는 대로 뒤를 쫓으면 힘든 상대입니다. 악셀 씨는. 애초에——."

"저, 저기, 이야기가 옆길로 샜어요! 어쨌든, 루이 씨는 에니아드로 돌아가려고 하시니, 길을 안내받을 겸 같이 가시는 게 어떨까요?"

무녀는 놔두면 끝없이 쓸데없는 이야기가 이어질 것 같아서 억지로 이야기를 틀었다.

"네? 같이 가라니요? 딱히 혼자서는 못 가시는 이유라도 있는 겁니까?"

팡의 흥분이 살짝 가라앉았다. 무녀는 내심 안도하면서 상황을 설명했다.

"실은 에니아드에서 여기로 오는 길에 누군가에게 습격을 당하셨거든요."

"음, 마인의 부하라고 자칭하던 놈들이었지."

루이의 입에서 '마인'이라는 단어가 나온 순간——

"과연, 그랬군요."

팡의 분위기가 돌변했다.

"윽……."

표정은 그다지 변하지 않았지만, 루이가 놀라서 저도 모르게 숨을 삼킬 만큼, 팡에게서 무시무시한 기백이 뿜어나왔다.

"마인이 나타났습니까……. 바람직하지 않군요."

"대장. 심정은 이해합니다만, 투기를 좀 억제하시는 게 어떨까요. 여기는 신이 머무시는 곳입니다."

"아."

부장의 말을 듣고 팡이 아차 하는 표정을 지었다. 그리고 동시에 무시무시하던 압력이 사라졌다.

그때서야 몸이 잊고 있었다는 듯 식은땀을 뒤늦게 뿜어내기 시작했다.

"죄송합니다. 무심코 예전 버릇이 나왔네요."

"용사분들은 마인 이야기에 다소 예민하신 구석이 있어서…….죄송합니다, 무녀님."

"아, 아뇨. 괜찮습니다."

팡은 처음 만났을 때처럼 붙임성 있게 웃음을 띠며 이야기를 되돌렸다.

"어쨌든 사정은 잘 알겠습니다. 괜찮으시다면 같이 가시죠. 마침 발이 빠른 최신 마차를 타고 왔으니, 생각보다 금방 돌아갈 수 있을 겁니다."

"그, 그런가요?"

"예, 마차에 아직 자리가 많이 남아있으니, 걱정하지 않으셔도됩니다. ……아, 그런데 에니아드로 바로 가는 게 아니라 실베스타나 일민즐에도 들렀다 갈 예정인데, 괜찮을까요? 마차 속도를고려하면 그렇게 오래 걸리진 않을 겁니다."

"대장의 말대로 제법 뛰어난 마차입니다. 적어도 평범한 마차보단 빠르게 도착할 수 있지요. 루이 씨가 하고 싶으신 대로 하시죠."

부장의 말에 루이는 잠깐 망설이더니 이내 고개를 끄덕였다.

"그럼 그리하지. 오히려 도와주어 감사하오, 검의 용사님. 어차피 호위를 고용해서 돌아갈 예정이었으니, 마침 잘되었지."

"호위라면 저도 꽤 잘하는데 말이죠."

팡의 말에 루이가 쓴웃음을 지었다.

"용사님의 호위라니, 영광이군. 게다가 마차까지 탈 수 있고. 내가 돌아가거든, 이 일을 정식 의뢰로 처리하여 보수를 준비하도록 하지."

"감사합니다. 다만, 감사의 마음이 있으시다면 제가 아니라 나라에 갚아주세요. 군(軍)이 국민을 돕는 건 당연한 일이니까요."

"그렇습니다. 더구나 군이 마도 마차를 이동하는 것도, 실은 도시 사이의 가도를 정비하려는 의도가 담겨 있습니다. 신경 쓰실 일이 아닙니다."

"그렇군, 무슨 말인지 알겠소. 그러나 이는 내 개인적인 감사일 뿐이니, 사양하지 마시오."

"하하, 뭐, 기분 좋은 부탁이네요."

우여곡절이 있었지만, 방침이 정해졌다.

"감사합니다. 팡 님 덕분이에요. 요즘 신께서 활동이 잦아지셔서 저는 도통 신전을 벗어날 수가 없는지라……."

"아뇨 아뇨. 아까 말씀드렸듯이 마도 마차를 테스트하는 김에 도와드리는 거니까요."

"최신 마도 마차…… 저도 한 번 타 보고 싶네요."

"시간 날 때 왕도에 오시면 타실 수 있을 겁니다. 제가 타고 온 것보다는 안정성을 중시한 녀석이겠지만요."

"지금 타고 계신 게 그렇게 성능이 좋은가요?"

"실베스타라면 며칠 안에 갈 수 있습니다."

"굉장하네요……."

실베스타로 가는 길은 언덕이나 산길이 많아서, 마차를 타도 시간이 오래 걸린다.

"길이 험하면 그만큼 제어가 어려워서 큰길에서만 제 속도를 낼 수 있습니다만, 그래도 혁신적입니다. 이래도 악셀 씨의 속도를 따라갈 순 없겠지만요……."

"악셀 씨는 신께서도 재미있다고 하실 정도니까요."

"그렇지요. 에니아드 이후로는 마차길이 없으니, 마음 같아서는 거기 계셨으면 합니다만…… 아마 안 계실 것 같네요."

"아하하…… 여러모로 힘드시겠네요."

"네. 뭐, 괜찮습니다. 어려운 게 스토킹하는 맛이 있으니까요!"

"대장, 언사를 조심하시지요. 물리적으로 제재하겠습니다."

부장이 억지로 말을 막자 팡이 뚱한 표정을 짓더니 헛기침을 한 번 했다.

"뭐, 그럼 이만 실례하겠습니다, 무녀님."

"네. 다음에 봐요. 루이 씨를 잘 부탁드립니다."

"알겠습니다. 성검의 용사로서 의뢰를 무사히 완수하지요."

노을이 초목을 물들이기 시작할 무렵.

나는 게일, 카틀레아, 마술 연구소 직원들과 함께 정령 도시 근처에 있는 평원으로 발길을 옮겼다.

"이 평원 어딘가에 정령도가 나온다는 거지."

"그렇다네. 선발대를 만들어서 여러 방향으로 보내 뭐라도 찾으면 소리치라고 했네."

"그래, 바젤리아랑 사키도 그리 갔어."

초원은 넓기에 반을 나누어 곳곳으로 흩어지게 했다. 바젤리아와 사키는 한 팀으로 묶어 초원 반대편으로 보냈다.

『또 리즈누아르하고 짜라고?!』

『제가 할 말입니다!』

팀을 짤 때 이런 소리를 하며 시끄럽게 떠들었지만, 둘 다 일은 확실하게 해치울 테니 괜찮겠지.

나는 가슴팍에 들어가 있던 데이지를 쳐다봤다.

"데이지 너도 마수의 기척이 느껴지면 가르쳐 줘."

"알았어, 친구."

이제 돌아다니면서 마수가 모이는 장소를 찾아내기만 하면 된다.

그때였다.

"헌드레드 소장! 마수가 출현했습니다!"

멀리서 다급한 목소리가 들렸다.

소리가 난 곳으로 향하자 초원에서 마수에 둘러싸인 마술 연구소 직원들의 모습이 보였다.

"위험하군. 선발대가 대응하고 있긴 하지만, 앰퍼 팬서에 블러드 오크…… 마수가 너무 많아."

마술 연구소 직원들은 전투에 익숙하진 않지만, 마법을 쓸 수 있기에 소형이나 중형 마수 정도는 상대할 수 있다.

하지만 지금은 다른 문제가 있었다.

……한 마리를 쓰러트리는 데에도 몇십 초씩 걸려서는 너무 늦

겠군.

평범한 토벌이라면 큰 문제가 아니지만, 이번에는 마물이 마력을 삼키기 전에 전부 쓰러트려야만 한다.

마수가 저렇게 많은데 이런 속도로 처리하면 너무 늦는다.

"이래서야, 마수들을 해치우기 전에 마력을 삼켜버리겠군. 서둘러야 해!"

카틀레아가 뛰쳐나가려던 순간.

"【스크류 블로우】."

회전하면서 뻗은 주먹에서 일직선으로 권풍이 일어났다.

"……?!"

게일이 일으킨 바람이 순식간에 마수들을 뭉개며 멀리 날려버렸다.

"괴, 굉장해……."

터무니없는 광경을 본 연구소 직원들이 입을 떡 벌리며 경악했다.

"게일…… 자네가 싸우는 모습은 처음 봤네만, 굉장하구먼. 이게 용사의 힘인가."

"나만 활약하고 있는 게 아니다. 저쪽도 마찬가지 아닌가."

게일이 먼발치 앞을 가리키며 말했다.

"……아니?"

게일의 손끝에는 악셀이 있었다.

"뭐, 이 정돈가."

어느샌가 주변에 있던 마수들을 모조리 베어 쓰러트렸다.

"어, 언제 저기까지 간 거지……."

전력으로 달려도 몇십 초는 걸릴 거리인데, 이미 공격까지 끝이 났다.

"내 권격이랑 거의 동시였군. 여전히 발이 굉장히 빠르구나, 악셀."

"게일이야말로 좋은 공격이었어."

마수가 전멸한 것을 확인한 게일과 악셀은 그대로 합류해서 주먹을 가볍게 맞댔다.

두 사람에게는 아무렇지 않은 일이었지만, 다른 사람들에게는 그렇지 않았다.

"그, 그렇게 많던 마수를 한 번에 전멸시키다니……?"

"믿을 수가 없군. 이게 용사의 힘인가……."

"게, 게다가 운반꾼은 스킬도 안 썼어. ……난 눈앞에서 마수들에게 밀리고 있었는데, 공격에 전혀 말려들지 않았어……."

마수와 싸우던 직원도, 악셀의 움직임을 지켜보던 직원들도 놀라움을 감추지 못했다.

그만큼 충격적인 광경이었다.

마왕 대전으로부터 시간이 지나서 잊고 있었지만 역시 터무니없다.

"이거 ……희망이 보이는구나."

카틀레아가 흥분하여 무심코 중얼거린 순간.

"어? 갑자기 빛이 나는데."

악셀이 말했다.

그의 시선을 쫓아가니 허공에 직사각형 푸른빛이 있었다. 사각형 안쪽에서 빛이 소용돌이치고 있었다.

"드디어 찾았구먼. 저게 정령도의 입구라네."

카틀레아는 아아, 하고 숨을 토했다.

나는 정령도 앞에서 서서 형태를 보면서 중얼거렸다.

"길이라기보다 문 같이 생겼는데."

직사각형이라서 그렇게 보이는 거겠지만 처음 느낀 감상은 그랬다.

"그렇지. 세세하게 분류하면 그건 『정령문』이니까 말일세. 복잡하니 통틀어서 정령도라고 부르는 것뿐이네."

"……뭐, 하나하나 설명하려면 좀 번거롭긴 하겠군."

"그런 거지. 그리고 구경하고 싶은 마음은 알겠네만, 일단은 설명을 서두르도록 하지."

"아, 전에 말한 해결하기 힘든 문제가 있다는 거 말인가?"

그렇게 물었더니, 카틀레아는 그래, 하고 고개를 끄덕였다.

"이건 직접 봐야 이해할 수 있거든. 바로 정령계로 가는 방법이지. 움직임이 빠른…… 음, 《시프》 계열 직업을 가진 사람들은 나와 보게."

카틀레아는 그렇게 말하고 직원들을 향해 손짓했다.

그러자 가벼운 차림을 한 속도를 중시한 차림을 한 사람 세 명이 나왔다.

"소장님. 이번에도 하는 건가요."

"음, 미안하지만 부탁하네."

카틀레아의 말을 들은 셋은 서로 얼굴을 마주 보더니,

"알겠습니다. ……동시에 가자."

그 말과 동시에 정령도 앞에 나란히 섰다.

그리고 지면에 무릎을 대고 달려 나갈 자세를 취했다.

"준비…… 출발!"

구호와 함께 세 명이 달려 빛의 소용돌이 안으로 돌진했다.

그 순간,

──팟!

빛의 소용돌이가 커지더니 어두운 공간 안에 빛의 길이 나타났다.

"이건…….”

"이 세계와 정령계를 잇는 틈이다. 이 길이 바로 '정령도'인 게지. 꼭 누가 먼저 들어가야만 길이 보인다네."

카틀레아가 정령문 안쪽에 보이는 푸른 빛의 길을 가리키며 말했다. 길 너머로 물가의 풍경이 보였다.

……저기가 정령계인가?

그렇게 생각한 순간, 갑자기 강렬한 역풍이 불어왔다.

먼저 정령문으로 들어간 셋은 그 역풍을 뚫어가며 달리고 있었다.

그러나 그들도 머지않아 이변을 맞이하고 말았다.

"으아아아아아?!”

갑자기 길이 무너지면서, 세 사람이 비명을 질렀다.

그들이 그대로 빛의 길 밖에 있는 어두운 공간으로 떨어지려던 순간.

——팟!

눈앞에서 빛의 길과 정령문이 완전히 사라졌다.

역풍도 마치 아무 일 없었다는 듯이 사라졌고, 원래 있던 평원의 풍경이 눈에 들어왔다.

"……으으……."

먼저 들어가 달리던 세 사람은 초원 바닥에 쓰러져 있었다.

카틀레아가 작게 한숨을 쉬며 말했다.

"잘했다. 아무래도 여전히 어려운 모양이구나……."

"카틀레아. 이게 네가 말하려던 문제야?"

"그렇다네. 정령도가 너무 불안정해서 지나갈 수가 없는 상태야. 저쪽 물가까지 건너가면 정령계인데, 그걸 버티질 못해. ……이미 몇 번이고 시도했으나, 결과는 마찬가지였네."

"예전에는 이러지 않았어?"

"음. 대략 반년 전까지만 해도 그냥 걸어서 갈 수 있을 정도로 여유가 있었지. 이상한 역풍도 없었고. 오늘은 혹시 안정됐을까 했지만, 결과는 보다시피라네."

"원인은 알아?"

"몇 달 전에 정령계에 주재하는 직원이 『정령도가 장시간 유지가 안 됨. 원인 규명 중~』이라고 적은 긴급 염문 두 개를 보냈었네. 지금은 그 염문도 주고받을 수가 없는 모양이네만……. 우리가 조사한 바로는 누군가가 들어가서 문이 생기면 없어질 때까지 대략 10초 정도 걸리는데, 강풍이 부는 탓에 아무리 빠르게 달려도 도달할 수가 없어."

"과연. 지금 불안정한 정령도를 통해 정령계에 가려면, 10초 안에 강풍을 뚫고 건너가야 한다는 말이로군."

"그래서 자네를 여기까지 부른 걸세. 건너편까지의 거리나 강풍이 어느 정도인지는 직접 보는 게 가장 정확하지 않겠나."

확실히. 이런 정보는 실제로 보지 않으면 정확하게 파악하긴 힘들겠지.

설명으로 끝내려 하지 않은 카틀레아에게 고마운 마음이 들었다.

"뭐, 그래도 희망이 있네."

"희망?"

"그래. 자네 말이야, 악셀. 아까 보니 발이 빠르더군. 자네라면 건너갈 수 있지 않겠나?"

카틀레아는 내 눈을 가만히 쳐다보면서 그렇게 말했다.

나는 정령문을 통과하는 모습을 잠깐 상상해보았다.

"직접 하기 전에는 모르겠지만, 거리만 보면 가능할 것 같아."

"오오, 정말인가! 그거 다행이군."

"다행? 혹시 꼭 건너가야 하는 이유가 있어?"

"음, 그게……. 우리도 정령계에 전달할 물건이 있어서 말일세. 해결 방법을 모색하던 도중이었지."

"그랬구나."

"여러 가지로 분석해도 결국 해결하지 못했지만 말이네. 이젠 다른 방법을 구해야 하지 않겠나."

카틀레아도 나름대로 노력했던 모양이다.

"어디, 내일 아침에 도전해보는 게 어떤가? 정령도는 한 번 나오면 만 하루 동안은 같은 곳에 나오니까."

"오, 그렇구나. 그럼 한 번 도전해볼게."

어차피 나도 정령의 샘에 용무가 있고. 기회를 굳이 마다할 이유는 없었다.

"음, 좋아."

카틀레아는 작게 고개를 끄덕였다.

"혹시 가능하면 우리가 전달하려던 물건도 가져다줄 수 있겠나? 혹시나 성공할지도 모르니 말일세. 부탁하네."

"그래, 그 정도라면 딱히 문제없어. 운송주머니에 들어간다면 뭘 넣든 무게는 똑같으니."

그렇게 대답하자 카틀레아는 마음이 놓였다는 듯이 한숨을 쉬더니 미소 지었다.

"그래. 그럼 내일 아침 해가 들 때 잘 부탁하지."

"그래, 나도 잘 부탁한다."

최강 직업(용기사)에서 초급 직업(운반꾼)이 되었는데,
어째서인지 용사들이
의지합니다

제4장 ◆ 돌파

그날 밤.

나는 숙소에 돌아와서 내일을 대비해서 준비하면서 작전 회의를 했다.

"일단 내일 정령도를 돌파할 예정인데…… 상황을 보아하니 나랑 데이지, 둘이서만 들어가는 게 좋을 것 같아."

아까 이야기를 정리해서 전달하자 사키가 한숨을 쉬며 고개를 끄덕였다.

"어쩔 수 없네요. 그 속도를 따라갈 수가 없으니."

"나는 용으로 변신해서 날면 가능할 것 같지만, 좁은 길에 들어갔다가 잘못되면 큰일이겠지……."

정령도를 통과하려면 좁은 곳에서도 막힘없이 움직여야 하고 강풍도 견뎌내야만 한다.

이 조건을 감당할 수 있는 건 여기서 나뿐이다.

물론 운송주머니에 바젤리아와 사키를 넣는 방법도 있기는 하지만, 그러면 운송주머니의 용량이 차서 '과거 운송'으로 쓸 수 있는 스킬이 하나 줄어든다.

뭐, 용기사 스킬을 두 개만 써도 건너갈 수 있을 것 같기도 하지만…….

『주인의 발목을 잡고 싶지는 않으니까, 얌전히 있을게……!』

『악셀이 만전 상태로 가는 게 제일 중요하니까요.』

둘 다 어딘가 조금 아쉬운 표정으로 거절했다.

나는 두 사람의 배려를 받아들여 데이지만 데려가기로 했다.

"데이지는 내가 품고 가면 되겠지?"

"그럼 OK지 친구. 그리고 정령의 샘에 가더라도 창을 고칠 자가 없으면 그야말로 본말전도니까."

"그래, 고마워. ──그럼, 마수 퇴치는 너희들에게 맡길게."

숙소에 돌아오기 전에 카틀레아에게서 들었는데, 정령도가 출현한 이후에도 완전히 사라지기 전까지는 마력에 이끌려 마수가 나타날 수 있다고 한다.

그 녀석들에게 방해받을 수는 없는 노릇이니, 돌입하기 직전까지 마수들을 퇴치할 수 있게끔 작전을 짜기로 했다.

"네, 맡겨주세요. 어차피 마수들이 악셀의 앞을 가로막는다고 해도 쉽게 쓰러트리겠지만── 이번에는 정령도를 통과하는 것에만 집중하세요."

"맞아! 우리가 길을 뚫을게!"

이렇게 방침이 정해졌다.

내일을 대비해서 쉬려는데 문 너머에서 노크와 함께 보탄의 목소리가 들렸다.

"악셀 님, 들어가도 될까요?"

"보탄 씨? 들어와."

"감사합니다."

곧 문이 열리더니 보탄이 수레를 끌고 들어왔다.

그러나 보탄이 들고 온 건 차가 아니라, 한 아름 정도 크기의 목제 컨테이너였다.

"여기, 이것이 정령계로 가져가실 물건을 채운 컨테이너입니다."

"오, 고마워. 그런데 왜 이걸 보탄 씨가 가져다준 거야?"

"실은 마술 연구소만이 아니라 의료 길드에서도 전달할 물건이 있습니다. 예전부터 두 기관이 수송할 물건을 협의해서 결정했었습니다. 이번에는 이 상자에 함께 담았습니다."

"그래, 그렇구나."

아무래도 양측에서 기회가 있으면 바로 전달할 수 있도록 미리 준비해둔 모양이다.

뭐, 카틀레아도 몇 번이고 시도했다고 했으니까, 아마 그때 준비했을 거다.

"부디, 잘 부탁드립니다. 당분간은 정령계와 연락할 수 없을 듯싶으니까요. ……정령계에 의료 길드 지부는 없지만, 지인들이 많습니다."

보탄이 조금 곤란한 듯이 웃으면서 말했다.

그 표정에서 걱정하는 기색이 느껴졌다.

"어쩐지 시도하기도 전부터 부담만 드리는 것 같아서 죄송하군요."

"아니, 괜찮아. 난 내가 할 수 있는 걸 할 뿐이니까. 조금이라도 기대에 부응하도록 노력해볼게."

그러자 보탄의 미소가 부드러워졌다.

"……네, 감사합니다."

나는 그렇게 밤을 보냈다.

이른 아침.

살짝 비치는 햇빛을 받으면서 초원에 서 있었다.

어제 마수들을 물리쳤던 곳이다.

거기서 손발을 가볍게 풀면서 정령도가 나타나기를 기다리고 있었는데, 조금 전까지 초원에 온 연구소 직원들과 이야기를 나누던 카틀레아가 다가왔다.

"준비는 됐나, 악셀."

그 말에 나는 지면을 디디고 발의 감각을 확인했다.

"그래, 다리도 잘 움직이고, 몸도 문제없어. 장비도 모두 확인했고, 운송주머니 안도 문제없어. 데이지는——."

품속을 쳐다보니, 데이지가 웃으면서 손을 들었다.

"——물론, 문제없지, 친구."

"좋아. 어제 보탄 씨가 준 상자도 넣었고. 준비됐어."

"음, 좋아. 저편에 건네줄 때는 마술 연구소와 의료 길드에서 보낸 물건이라고 전해줬으면 좋겠네."

"알았어."

카틀레아와 이런 대화를 나누고 있자니 직원들의 외침이 들려왔다.

"소장! 마수가 나왔습니다!"

풀숲에서 마수들이 떼로 달려오고 있었다.

"오오, 오늘도 잔뜩 몰려왔구먼. 예정대로 토벌——."

"【프리즈 · 레인드롭】!"

"【연옥의 용식】!"

카틀레아가 호령하기도 전에 고드름으로 된 비와 광범위한 불길이 날아들어 마수들을 쓸어버렸다.

"……어라?"

카틀레아나 다른 직원들이 놀라서 이런 소리를 냈지만, 나는 예상하던 결과였다.

"끝났어~, 주인!"

"준비 운동은 이 정도면 충분하겠죠. 돌입하는 도중에 마수가 나와도 지금처럼 처리할 테니 안심하고 다녀오세요."

"그래. 고마워, 둘 다."

어제 세운 작전대로 확실하게 마수들을 정리하는 모습이 믿음직했다.

"이, 이게 용사님들의 마법이군요……."

"어제도 봤지만, 역시 대단해……."

직원들이 감탄하는 소리가 들렸다. 카틀레아도 감탄한 눈치였다.

"용왕의 마법도 대단하지만, 사키도 실력을 많이 늘렸구나. 아무 일 없다는 듯 태연한 악셀도 대단하고……."

"나는 익숙한 광경이니까. 그런데 사키는 카틀레아의 제자였다며? 제법 익숙할 거 같은데?"

그러자 카틀레아가 웃으며 말했다.

"대학에 있을 때부터 놀라움의 연속이었다네. 외톨이였던 그 아이를 가르쳤더니 순식간에 나를 앞질러 용사로서 전쟁에 나갔지. 볼 때마다 성장하여 나를 놀라게 했다네."

"과연. 그 시절부터 이미 대단했던 건가."

"와하하, 그렇지. 악셀에게 푹 빠지고 나서는 성격이 조금 변한 것 같네만——."

"아무래도 그 이야기의 나머지는 나중에 들어야 할 거 같은데."

"——그래. 이야기하는 동안 정령도의 조짐이 나타났구나."

마수가 토벌된 뒤 몇 분이 지나자,

어제 정령도가 나타났던 곳 근처에 정령도가 나타나기 시작했다.

"후…… 꽤 긴장되는구먼……."

카틀레아는 진지한 표정으로 정령도를 응시하면서 양손을 꽉 쥐었다.

지금까지 몇 번이고 실패한 정령도에 악셀이 들어간다.

과연 잘 들어갈 수 있을까? 겉으로 표현하진 않았지만, 카틀레아는 불안했다.

저편에 있는 동료들과 연락이 끊긴 지 벌써 며칠이 지났다…….

어떤 상황인지도 예상이 안 된다.

지금은 정령도가 불안정하다는 것 말고는 데이터가 없다. 카틀레아는 동료들의 상황을 알 수 없어서 몹시 초조했다.

　대표답게 항상 여유를 가지고 대응하고 있지만, 그렇다고 불안이 사라지진 않는다.

　……지금 악셀이 찾아온 건 그야말로 천운이다.

　전직 용사로, 터무니없는 속도로 달릴 수 있는 운반꾼이 제자와 함께 이 도시에 찾아왔다.

　그들 덕분에 희망이 생겼다. 하지만 동시에 실패에 대한 두려움도 커졌다.

　정령계에는 마술 연구소 직원들이 주재하고 있다.

　정령도가 불안정해지기 전에 넘어간 사람들이다.

　마지막 염문을 받은 이후로는 안부조차 알 수가 없다. 그 염문도 벌써 몇 달 전 일이었다.

　몇 번이고 정령도를 안정화하기 위해 시험해 봤지만, 연락 술식조차 통하지 않았다.

　발이 빠른 자들을 보내도 불가능했다.

　만약 저 악셀조차 실패하면? 하는 생각에 식은땀이 멈추지 않았다.

　그때는 또 다른 방법을 찾을 뿐이라는 걸 알고는 있지만.

갈 수 있든 없든 정령도를 안정화하기 위한 이런저런 실험을 해야 하는 건 변함이 없지만.

한번 희망을 품어 버린 이상, 기대할 수밖에 없었다.

카틀레아는 마른침을 삼키면서 악셀을 쳐다봤다.

"자, 그럼, 속도를 내서 달려볼까."

그는 평상시대로 한 걸음을 내디뎠다.

걷는 듯한 가벼운 한 걸음을.

"어? 저, 저기, 좀, 대시 준비라든지 그런——."

모습이 너무 자연스러워서 카틀레아가 당황한 순간.

——쾅!

묵직한 파열음이 울렸다.

"?!"

악셀이 대지를 차는 소리였다.

카틀레아가 무슨 일이 일어났는지 이해했을 때, 이미 악셀은 아직 다 열리지도 않은 정령도를 향해 돌진하는 중이었다.

눈을 깜빡이는 것보다 짧은 시간에 수십 미터를 달려간 것이다.

……뭐, 뭐야, 저 속도는……!

이윽고 정령도가 눈앞에 펼쳐졌다. 저번처럼 강력한 역풍이 어 김없이 불어왔다.

직원들이 아무리 달려들어도 도달할 수 없었던 길.

하지만 악셀은 달랐다.

"──!"

악셀은 바람에 밀려나기는커녕 몸도 흔들리지 않고 돌진했다.

"이럴 수가! 전혀 속도가 줄지 않아……!"

"굉장한데. 그 바람을 맞고 있는데도……!"

직원들이 감탄해서 소리를 높였다.

악셀은 이미 작게 보일 만큼 정도로 깊은 곳을 달리고 있었다.

이윽고 그가 빛의 길을 너머의 물가를 밟은 순간.

──팟!

빛의 길이 눈앞에서 사라지고 원래의 풍경으로 돌아왔다.

"설마…… 해낸 건가……!!"

초원에 악셀의 모습은 없었다.

정령도 건너 물가에 발을 디딘 순간, 내 눈에 비치는 세상이 단번에 바뀌었다.

초원의 풍경에서 어느샌가 환상적인 빛으로 가득 찬 밝은 도시가 되어 있었다.

"어…… 여기가 정령계인가?"

생각보다 인공적이라 할까, 아름다운 도시가 보였다. 그것도 발아래에. 즉 도착한 곳은 도시의 상공이었다.

나는 바람이 우는 소리를 들으면서 생각했다.

……적어도 그 초원 앞에 다른 도시는 없었다.

그럼 달리다 보니 모르는 사이에 다른 도시까지 와버린 건 아니겠지……. 그렇게 생각하면서 나는 지면에 착지했다.

"어……?! 혹시 인간이신가요……?"

착지한 곳 앞에 정령종 여성이 서 있었다.

커다란 빨간 방울을 손에 든 그녀는 나를 보면서 눈을 깜빡이고 있었다.

"그래, 난 인간이야. 당신은…… 정령이지? 혹시 여기가 정령계야?"

나는 그녀에게 그렇게 물었다.

"네, 네. 그런데요……."

"그럼 다행이군. 정령도를 지나 무사히 정령계에 도착한 모양이야. 음, 달려온 보람이 있어."

"네?! 그 불안정한 정령도를 달려서 지나왔다고요?!"

"응. 그거 말고는 방법이 없잖아?"

그러자 여성은 아연한 표정을 지었다.

뭔가 문제라도 있나?

"어라, 파룸 님?"

"길드 마스터? 그런 곳에서 왜 우두커니 서 계시는가요?"

그때, 그녀 뒤에서 정령 몇 명이 다가왔다.

나는 그중 남정령 하나와 시선이 마주쳤다.

"어……? 저기, 처음 보는 분인데, 혹시 인간계에서 오셨나요?"

"그래, 맞아."

"……."

그러자 다른 정령들도 아연한 표정을 지었다.

아니, 왜 저러지?

정령들 사이에서는 이게 인사인 건…… 아니겠지?

"이, 인간계에서 사람이 왔어!"

"뭐, 뭐라고?!"

"정말?!"

갑자기 정령종들이 기쁜 듯한 소리를 질렀다.

"어, 어서 오세요, 정령계의 정령 도시, 인볼그에! 우리는 당신을 환영합니다!!"

여러모로 신경 쓰이는 점은 있지만, 아무래도 나는 『정령계의 정령 도시』에 무사히 도착한 모양이다.

최강 직업(용기사)**에서 초급 직업**(문번꾼)**이 되었는데,**
어째서인지 용사들이
의지합니다

제5장 ◆ 정령 도시

정령계의 정령 도시 인볼그는 인간계에 있던 정령 도시 벨티나와는 다르게 목조 건물이 많았다.

건물 수는 적지만 오래된 비석 같은 게 서 있어서 역사와 환상적인 분위기가 느껴지는 도시였다.

공기도 맑고 벨티나에서 느낀, 꽃 같은 향기와는 다른 상쾌한 향기가 도시를 감싸고 있는 듯했다.

그 도시에 발을 디딘 나는 방금 만난 파룸의 안내로 한 건물로 들어갔다. 건물 밖에는【정령 길드】라는 문자가 새겨져 있는 비석이 놓여 있었다.

응접실로 향하자 몇몇 정령들이 안절부절못하는 표정으로 나를 쳐다보았다.

나는 파룸이라는 여성과 마주 보고 앉았다.

"오시자마자 여러모로 소란을 피워 죄송합니다. 갑자기 일어난 일이라 당황스러워서요…….."

"아니, 괜찮아. 신경 쓰지 마."

"그렇게 말씀해주시니 황송하네요. ……다시 인사드립니다.

저는 심오(深奧)의 정령 도시 인볼그에서 정령 길드의 길드 마스터를 맡은 파룸이라고 합니다."

"나는 악셀이야. 정령 도시 벨티나에서 건너왔는데, 이곳도 정령 도시라고 부르는구나."

뭔가 심오라는 단어도 붙어 있고, 벨티나와는 또 다른 건가?

"아, 네. 처음 여기 온 분은 대부분 그렇게 말씀하세요. 하지만 인간계의 벨티나는 사실 여기서 이주한 사람들이 나중에 만든 도시랍니다. 이곳이 본거지인 거죠."

"허, 그랬군."

"말씀을 들으니 아무래도 정령계에 처음 오신 것 같군요. 운송 주머니를 가지고 계시는데, 혹시 운반꾼이신가요?"

"그래, 맞아. ⋯⋯참, 정령계에 전해달라던 물건이 있었지. 지금 건네줄게."

나는 운송주머니에서 한 아름 크기의 상자를 꺼내 탁자에 두었다.

"이 도장은⋯⋯ 마술 연구소와 의료 길드에서 보낸 건가요?"

"응. 여기 오는 김에 운반해달라기에 가져왔지."

"아, 감사합니다. 감사히 받을게요."

파룸이 상자를 받더니 뒤에 있던 남성에게 건넸다.

그리고 다시 나를 보더니 내 운송주머니로 시선을 옮겼다.

"아무리 보아도 틀림없는 운송주머니이군요. 하지만⋯⋯ 정말 운반꾼이신가요? 상급 직업이 아니라?"

"맞아. 틀림없어."

"그럼 어떻게 그 길을 건너—— 어머?"

그때 문득 파룸의 시선이 내 가슴에 향했다.

"오—, 미안 친구. 정령도를 통과할 때 잠깐 이상한 마력이 차올라서 멍하게 있었어."

품에서 데이지가 튀어나왔다.

"아니, 괜찮아. 그래서 컨디션은 어때?"

"좋아. 그런데…… 이 마력의 느낌, 무사히 정령계에 도착한 모양이네. 친구라면 성공하리라 믿고 있었어! 역시 대단해."

데이지가 품에서 내 어깨로 이동했다.

"서, 설마, 연금의 용사 데이지·코스모스 씨인가요?"

파룸이 살짝 떨면서 말했다.

"응? 오오, 인사가 늦어서 미안. 내가 바로 데이지야."

"그러고 보니 소문을 들은 적이 있어요. 크레이트에 용사와 같이 일할 정도로 강한 운반꾼이 있다고. 설마 당신이 그분인가요?"

"뭐, 용사랑 같이 일한 것도, 크레이트에서 운반꾼 일을 시작한 것도 사실이지."

그러자 파룸은 고개를 끄덕였다.

"소문은 와전되기 마련이라 믿지 않았는데, 아무래도 전부 사실인 모양이군요."

이야기를 들으니, 아무래도 소문이 여기까지 퍼진 모양이다.

"친구의 소문이 정령계까지 닿았구나. 정령도가 불안정해지고 나서 정보 왕래가 적어졌을 테니, 처음 일하기 시작할 무렵의 소문일 텐데."

"아니, 소문이야 어쨌든, 그 소문 속 주인공이 나인지는 아무도 모르잖아."

그렇게 말하니 파룸은 조용히 고개를 저었다.

"아뇨, 불안정한 정령도를 돌파할 만한 《운반꾼》은 달리 짐작가는 사람이 없습니다. 평범한 운반꾼이라면 도중에 바람에 휩쓸렸을 테죠."

"아, 바람이 좀 강하긴 했지."

그래봤자 바젤리아 위에서 맞는 마파람에 비하면 아무것도 아니라서 그냥 뚫고 지나왔다.

"그만한 실력이라면, 역시 소문의 주인공이 틀림없습니다. 무엇보다, 용사인 데이지 씨와 같이 오신 게 확고한 증거가 아닐까요?"

"그런가?"

"물론, 소문의 주인공이 아니라고 해도 여러분을 환영하는 건 변함 없지만요. 정령계에 누군가가 찾아오는 건 정말 오랜만이거든요.”

그러고 보니 이곳 사람들은 대부분 나를 환영하는 눈치였다.

“그렇게 오랫동안 사람들이 건너오지 못한 건가.”

“네. 저쪽이 어떤 상황인지도 모르는 상황이랍니다. 악셀 씨 덕분에 드디어 소식을 들을 수 있게 되었지요. 앞서 이야기한 대로 정령도가 불안정해서 정보가 거의 없어요.”

그녀들은 인간계에 있는 정령 도시가 어떤 상황인지 전혀 모르는 눈치였다. 그런 상황에 내가 불쑥 나타났으니, 놀랄 만도 하겠군.

“뭐, 아는 거라면 전부 말해줄게.”

“정말 감사합니다. 하지만 이 이야기는 나중에 하죠. 악셀 씨는 다른 용건이 있어서 오신 게 아닌가요? 우선 악셀 씨가 여기 오신 이유부터 듣도록 하지요.”

파룸이 그렇게 말했다.

힘든 상황인데도 눈치가 있는 사람이군.

나는 호의를 받아들여 내 용무부터 말하기로 했다.

“음, 내 볼일은 간단해. 정령계에 있다는『정령의 샘』에 가고 싶어. 무기를 정련해야 해서.”

그러자 파룸의 표정이 살짝 흐려졌다.

“그건 즉…… 무기에 샘의 가호를 부여하고 싶다는 거군요.”

“그래. 친구의 무기를 마무리 작업하려고 여기 온 거야.”

"정령의 샘이라는 곳이 정말 있긴 한가 보구나……."

"물론이지요. 다만…… 지금은 가호를 얻기가 어려울 것 같습니다."

파룸이 그렇게 대답했다.

"응? 어렵다니, 정령의 샘에 가면 안 되는 거야?"

"아뇨, 정령의 샘까지 안내해드리는 건 어렵지 않습니다. 그리먼 것도 아니고요. ……아무래도 상황을 직접 보시는 편이 빠를 것 같군요."

파룸의 말을 들은 나와 데이지는 얼굴을 마주 본 뒤 고개를 끄덕였다.

"그래. 그럼, 안내해 줘."

"네, 알겠습니다. 조금 걸어야 하는데 괜찮으시지요?"

"괜찮아."

그렇게 우리는 자리에서 일어나 정령 길드를 나섰다.

다른 차원의 세계에 왠지 모를 두근거림을 안고, 정령 도시 외부로 향했다.

내가 방문한 정령계는 도시를 중심에 두고 삼림 지대나 평야가 펼쳐져 있었다.

파룸의 설명에 따르자면 정령계란, '틈새의 세계'라는 넓은 공간을 부유하는 동그란 구형의 모습이라고 한다.

"호오, 세계가 다르면 생긴 모양도 다른가 보네."

"그러고 보니 신계도 인간계와 전혀 다른 모습이었던 것 같다."

"시, 신계에 가신 적이 있으신가요……. 전직 용사셨다는 건 들었지만, 굉장하네요……."

파룸과 그런 대화를 나누면서 도시 외부까지 걸어오기를 십여 분.

정령 도시 주택가에서 떨어진 곳에 나무로 둘러싸인 원형 샘이 있었다.

오면서 파룸에게서 들은 바로는 정령의 샘의 물은 원래는 상쾌한 물빛을 띠고, 주위 나무들의 녹색과 어우러져서 매우 아름다운 곳이라고 했다.

천상의 신들도 마음에 들어 하는 장소라서 샘 주변에 맑은 마력이 감돌고 있다는데…… 눈에 들어온 풍경은 상상의 이미지와 전혀 달랐다.

"샘의 물이, 검게 흐려졌는데……?"

겨우 도착한 그 『정령의 샘』의 물은 아무래도 상태가 좋지 않아 보였다.

"……친구. 왠지 샘에서 나쁜 마력이 느껴져."

"너도 느꼈어?"

샘에 고인 무언가가 기분 나쁜 느낌을 주는 마력을 발산하고 있었다.

"······이게 어렵다고 한 이유인가?"

파룸에게 물었더니 아쉽다는 듯이 고개를 끄덕였다.

"네. 정령도가 불안정하게 변한 무렵, 샘이 더러워졌습니다. 보시는 대로 정련 작업을 하면 반대로 무기가 열화될 만한 곳이 되어 버렸지요."

"원인은 밝혀냈어?"

"어느 정도 조사해봤습니다만, 과거에도 지금과 비슷하게 정령도가 불안정해지고 샘이 오염되는 사태가 일어난 적이 있었습니다. ······그때는 마수가 샘의 마력을 먹어 치워버렸었어요."

마수는 마력을 먹이로 삼기에 동물이나 인간을 잡아먹는 일도 있는데, 정령의 샘도 예외는 아닌 듯하다.

"그럼 이 근처에 마수가 있었던 건가?"

샘 주위를 둘러봐도 마수가 있을 법한 느낌은 전혀 들지 않았다. 검게 변한 샘 이외에는 아름다운 푸른 빛만 보이는 지대였다.

"저희도 찾아보긴 했습니다만, 소득은 없었습니다. 마수를 감지하는 스킬이 있는 《사냥꾼》계열 직업을 가진 사람이 수색해도 전혀 성과가 없었고요."

"그렇군····· 확실히 지금은 마수의 기척이 없어. 데이지는 어때?"

"나도 전혀 안 느껴져. 마술적인 흔적도 없는 것 같고."

데이지는 카벙클이라 다른 생물들이 노리는 경우가 많아서 주위를 경계하는 능력이 뛰어나다.

나보다 더 광범위하게 마수를 찾아낼 수 있다.

그런데 그런 데이지가 찾아낼 수 없다는 건…….

"누군가가 은폐하고 있는 건가……. 아니면 벌써 도망쳤거나. 그건 잘 모르겠지?"

그러자 파룸이 유감스럽다는 표정으로 수긍했다.

"네. 정령도가 불안정해지는 등 이상 사태가 겹치는 바람에…….두 현상이 같은 시기에 일어났으니 연관이 있지 않을까 추측하고있습니다만…… 죄송합니다. 알아내지 못한 게 많네요."

"아니, 사과할 필요는 없어. 문제가 생긴 건 어쩔 수 없지. 게다가 어디든 하나를 해결하면 양쪽 다 해결될지도 모른다는 걸 안것도 충분한 수확이야."

문제를 찾는다고 해도 곧바로 해결할 수 있는 건 아니다.

이들도 조사를 거듭했을 테고. 사과할 일이 아니다.

"인간계 정령 도시 사람들은 사정을 전혀 모르는 것 같은데, 이쪽에서 연락하기도 어려워?"

저쪽은 연락할 수 없는 상황이었으니, 여기도 비슷한 상황일 것 같긴 하지만.

"네. 정령도가 불안정해서 정보를 보낼 방법이 없어요. 게다가 정령도를 여는 것 자체도 문제가 있어서……."

"거기도 문제가 있나."

"네. 뭐랄까…… 죄송합니다."

"아니, 괜찮아. 나한테 사과할 일이 아니잖아. ……그래서, 그 정령도에는 무슨 문제가 있어?"

"그건……. 그 문제는 제가 아니라 이 도시의 대표에게 이야기를 듣는 게 확실하겠네요. 그분이 정령도 관리도 맡고 있으니."

"대표? 파룸이 대표가 아니었구나."

"네, 저는 그냥 길드 마스터이지, 이 도시를 다스리는 건 아니니까요. 지금 안내해드릴까요?"

어차피 샘의 오염을 해결하면 내 목적도 달성할 수 없다. 차근차근할 수 있는 것부터 처리하는 게 좋겠다.

"괜찮아. 지금 가자."

데이지도 나와 같은 생각이었다.

"나도 같은 의견이야. 전문적인 이야기는 전문가에게 듣는 게 빠르니까."

"감사합니다. 그럼 두 분. 그럼 곧바로 《정령 공주》가 계신 궁전으로 안내해드리겠습니다."

파룸의 안내를 따라 우리는 정령 도시로 돌아온 후, 그 길로 정령 도시 중심부에 베일처럼 어렴풋한 빛에 둘러싸인 하얀 기조의 건물로 향했다.

"뭐랄까, 마술 연구소와 어딘가 비슷한 건물이네."

"정확하게 보셨네요, 데이지 씨. 인간계의 연구소는 이 건물을 따라 지은 거랍니다."

"허, 그랬구나."

그 말을 듣고 나는 궁전을 다시 살펴봤다.

벽에 몇 줄인가 문장이 새겨져 있었다. 마력으로 만든 방호장치이다.

우리는 곧 커다란 문 앞에 도착했다.

문 양옆에는 갑옷을 입은 여성 정령들이 서 있었다.

"안녕하세요. 고생하시네요, 파룸 님."

"용사님의 파티군요? 부디 들어가시지요."

그녀들은 파룸, 데이지, 그리고 내 얼굴을 보자마자 곧바로 문을 열어 주었다.

"우리같이 외부에서 온 인간이 갑자기 정령 공주와 만난다니, 파룸이 얼마나 신뢰받는지 알겠네."

"아뇨, 아뇨. 그런 건 아닙니다. 물론 제가 길드 마스터라서 그

런 면도 있습니다만, 정령 공주님이 거리낌 없으신 분이세요. 평
소에도 시간만 있다면 이야기를 많이 나누고 싶다고 말씀하시거
든요."

"거리낌이 없는 공주님이라니⋯⋯."

내가 만났던 공주들은 대부분 호걸이었던 것 같은데⋯⋯. 그게
보편적인 공주의 태도인 건가?

"자, 이 안쪽입니다."

파룸은 우리를 궁전 제일 깊숙한 방으로 안내했다.

방에 들어가니 하늘색이나 비취색 크리스털 장식이 먼저 눈에
들어왔다. 그리고 정면에는 크리스털로 장식된 옥좌가 놓여 있
었다.

"저분이 인볼그를 다스리는 《정령 공주》, 로리에 님입니다."

투명한 색조의 눈부신 드레스를 입은 정령 소녀였다.

그녀는 옥좌 앞으로 걸어온 나를 강한 눈빛으로 쳐다보더니,

"반가워. 파룸에게 연락받았어. 당신들이 이 도시에 왔다는 운
반꾼 악셀, 그리고 연금의 용사 데이지야?"

시원시원한 목소리였다.

"만나서 반가워, 로리에 공주님. 내가 악셀, 여기 내 어깨 위에

있는 게 데이지야."

　얼굴로 보나 목소리로 보나 의지가 강해 보이는 공주님이었다.

"로리에라고 불러. 격식을 차리는 건 싫어해서."

"……그래? 그럼 로리에라고 부를게."

"그래, 그게 편해. ……듣자 하니, 정령의 샘에 볼일이 있다고?"

"그렇긴 한데, 상태가 저래서는 어려울 것 같아."

　그러자 로리에가 고개를 끄덕였다.

"맞아. 정말 성가시지. 기껏 마력 순환을 유지하여 정령도를 열면, 어느 놈인지 마력을 죄다 먹어버리니까 말이야. 마음 같아서는 당장 붙잡아서 혼내주고 싶은데."

　로리에는 콧김을 뿜으면서 화를 냈다.

　……어, 뭐랄까.

　이런 공주님은 또 처음이었다. 아무래도 말괄량이 기질이 있을 것 같군.

　하지만 그만큼 이야기하기도 편할 것 같다.

"나도 마수를 붙잡아 혼내자는 의견은 동의하지만, 오늘은 다른 문제로 온 거야. 파룸의 말로는 마력을 떠나서 정령도를 여는 게 여의치 않다고 하던데, 무슨 문제인지 알 수 있을까?"

　애초에 여기 온 이유가 이걸 듣기 위해서였다.

"정령도의 문제가 어디 한둘이어야 말이지. 상태는 불안정하지, 열었다 하면 내 마력이나 도시의 마력이 흘러나가지, 성한 구석이 없어. 그렇다고 안 열 수도 없고. 하루에 몇 번은 꼭 열어야 해."

"꼭 열어야 하는 이유가 있는 거야?"

"그렇지. 정령도는 정령계와 인간계 간에 마력을 순환하기 위해 여는 거니까. 물과 같은 이치지. 마력도 순환하지 않으면 썩어. 그럼 양쪽 다 멸망하는 거야."

"마력이 썩는다니, 뭔가 안 좋은 이야기 같은데."

데이지도 평소와 달리 얌전한 얼굴로 고개를 끄덕였다.

"마력의 부패한다는 건가. 그럼 그만큼 부하가 생겨서 자연 생성되는 마력이 줄어들겠네. 생각보다 심각한 문제야."

"그렇지. 그밖에는 뭐, 정령 도시에 있는 온천이 식거나 하겠지. 그것도 마력 순환으로 생긴 현상이니까."

피해의 예시로는 알기 쉬운 이야기였다.

"그건 위험한데."

"당연히 위험하지. 어찌 되었든 정령도는 주기적으로 열어야 해. 그런데 최근에는 정령도를 열면 순환이 아니라 마력이 먹히는 느낌이 든단 말이지. 정령도는 나를 비롯한 인볼그 주민들의 마력으로 만드는 길이야. 무한하게 열어 둘 수 있는 게 아니라고. 마수에게 먹히는 건 그만큼 손해라는 거지. 그래서 궁여지책으로

정령도를 여는 시간을 줄였어. 마력을 죄다 빼앗기는 것도 문제니까."

로리에의 말을 듣고 나는 전에 카틀레아가 한 말을 떠올렸다.

"과연, 그런 이유였구나. 예전에는 걸어서 지날 수 있을 만큼 여유롭다고 들었었거든."

"그렇지 않으면 사람이 다닐 수가 없잖아? 지금은 그조차도 여의치 않지만. 설마 인간계 쪽에 마수들이 모이는 상황일 줄은 몰랐네."

내가 파룸에게 말한 인간계의 정보도 이미 전달받은 모양이다.

"그게, 정령도에 있던 결계가 사라지면서 마수가 꼬이기 시작했다던데."

"그건 마력이 먹혀서 생긴 폐해야. 여는 곳을 무작위로 바꿔서 피해를 줄이기는 했지만, 큰 차이는 없어. 어디에 열어도 마찬가지야."

로리에가 한숨을 쉬며 말했다.

"흠…… 누가 피해를 주는지는 알아냈어?"

"전혀. 정령도를 열 때마다 무언가가 물어뜯는 듯한 느낌이 있긴 한데, 도통 정체를 모르겠어. 정말—— 쿨럭, 쿨럭……!"

말하는 도중에 로리에가 갑자기 괴로운 기침을 했다.

"……어이, 괜찮아?"

로리에의 표정이 잠깐 일그러졌지만, 이내 기침이 멎자 아무

일 없었다는 듯 표정을 되돌렸다.

"이 정도는 괜찮아. 마수가 만든 나쁜 마력의 영향을 받아서 그래. 배랑 가슴이 조금 아플 뿐이야."

"즉, 이 사건으로 환자도 나왔다는 말이군."

"이 자리에 있는 한, 정령 도시를 향한 공격에 강하게 영향을 받지. 질이 나쁜 마력이 흐르면 그게 나에게도 흘러들어 오거든."

로리에는 가슴을 문지르면서 후, 하고 숨을 토했다.

"뭐, 괜찮아. 이게 정령 공주의 숙명인 거겠지."

"흠, 생각보다 힘든 상황이군."

"이 자리가 꼭 그렇게 나쁜 것만은 아니야. 도시의 영향을 받는 대신, 나도 도시의 힘을 쓸 수가 있으니까. 권능이라고 하면 알까?"

로리에는 근육을 자랑하듯 가느다란 팔을 구부리며 말했다.

"권능이라. 고유 스킬 같은 게 있나?"

"응. 아까 정령도를 주민들한테서 받은 마력으로 만든다고 했지? 즉, 나는 주민들에게 받은 마력을 쓸 수 있다는 거야. 예를 들면 정령 도시에 있는 건물을 움직이거나, 마력을 반죽해서 새 땅을 만들거나, 공중에 길을 만들거나 하는 거지. 정령도도 마찬가지고. 참, 이런 것도 할 수 있어. 【컨스트럭트:리틀】."

그녀가 의자 팔걸이 옆에 있던 지팡이를 쥐더니 스킬을 사용했다.

그러자 우리 눈앞에 하얀 판자가 나타났다. 마치 빛이 모여 굳어 만들어진 것 같은 느낌이었다.

"얇아서 약할 것 같지만, 이래 봬도 사람을 몇 명이고 태울 수 있어."

"오, 대단한데."

"정령은 마력을 물질화하거나 굳히는 걸 잘하거든."

"이만큼 마력 물질화가 능숙하다니. 나도 여러 스킬 없이는 애먹는 일인데, 대단한걸?"

데이지도 감탄하여 말했다.

연성의 용사가 그리 말하니 확 와닿는군.

나도 용기사 시절에는 마력을 물질화하는 기술이 몇 있었지만, 이렇게 쉽사리 해내지는 못했다.

로리에가 지팡이를 내려놓자 빛으로 된 판도 동시에 사라졌다.

"이렇게 작은 건 나 혼자서도 할 수 있지만, 두 세계를 잇는 정령도를 만들려면 엄청 많은 마력을 써야 해. 뭐, 여러모로 난관에 빠졌다는 이야기지. 자, 그래서 이제 어떻게 할 거야? 기껏 왔는데 미안하지만, 봤다시피 정령의 샘도 멀쩡한 건 아니라서."

그녀의 말대로, 상황이 이래서는 원래 목적을 달성할 수가 없다.

"흠⋯⋯. 일단 정령계의 상황을 알았으니, 인간계에 전달해서 논의해봐야지."

정령계의 소식을 전해달라는 부탁도 받았으니까. 다행히도 여기 온 목적을 하나는 달성할 수 있을 것 같다.

"그러면 나로서도 고맙겠어. 우리가 놓인 상황을 전할 방법이 없으니까. 네가 전해준다면야 더할 나위 없지."

"그래. 그런데…… 인간계에는 어떻게 돌아가지……?"

"조금 있으면 파룸이 정령도를 열 거야. 그렇지, 파룸?"

그 말을 듣고 파룸은 품에서 회중시계를 꺼내더니 깜짝 놀란 표정을 지었다.

"아, 네! 벌써 그럴 시간이네요. 약 한 시간 후에 정령도를 열겁니다."

"그렇다네. 그 길을 타고 돌아가면 될 거야."

"……으음? 정령도 관리는 로리에가 하는데, 막상 여는 건 파룸이 하는 건가?"

아까 이야기랑 뭔가 다르지 않아?

그러자 로리에가 웃었다.

"아~ 그게 아니야. 내가 그다지 밖에 나가질 않으니, 대신 파룸이 적당한 곳을 찾아 좌표를 내게 전달하거든. 그럼 나는 좌표대로 정령도를 만들지."

"아~ 그런 거구나."

"네. 그러니 저와 같이 있으면 정령도는 걱정할 필요 없습니다."

"알았어. 그럼, 다음에 열 때 돌아갈게."

우리는 그렇게 향후의 방침을 정했다.

"자, 그럼 그때까지 아직 시간이 있으니, 이번에는 너희 이야기를 좀 해줘."

로리에가 장난기 어린 밝은 표정으로 말했다.

"우리 이야기?"

"그래. 나는 이 정령 도시에서 나갈 수 없고, 지금은 그나마 들려오던 소식마저 끊어졌지. 파룸이 인간계에서 무슨 일이 일어나는지 가끔 전달해주긴 하지만, 그런 사건 사고나 문제가 아니라, 요즘 유행이나 세상 돌아가는 이야기를 가르쳐 줘. 요즘은 계속 조사만 했더니 숨이 막힐 것 같아."

"하하, 그런 거라면야 얼마든지."

그렇게 해서 정령 도시 궁전에서 정령 공주와 잠깐 이야기를 나눴다.

로리에와의 대담을 끝낸 후.

『아 맞다. 인간계로 돌아가기 전에 여기 있는 연구소 직원들을 만나서 이야기를 들어 봐.』

로리에가 그런 말을 했기에, 인볼그에 있는 마술 연구소 직원을 소개받아 이야기를 들었다.

정령도가 불안정해지면서 서로 소식이 끊겼지만, 그래도 다들 정령계에 남아서 잘 지내고 있는 모양이었다.

그들을 만난 김에, 원하면 운송주머니에 넣어서 인간계로 데려다주겠다고 이야기했지만, 다들 건실한 이유로 거절했다.

『아직 할 일이 있어서 돌아갈 수 없어요. 정보 전달은 당신께 맡기도록 할게요.』

『좀 더 이쪽에서 도움을 주고 정령도가 안정되고 나면 돌아갈게요.』

다들 이번 문제를 해결하고자 열심이었다.

나는 바룸이 정령도를 다시 열 때까지 정령 도시를 가볍게 한번 둘러보고 인간계에 있는 정령 도시로 돌아가기로 했다.

그리고, 다시 정령도가 열릴 시간이 됐다.

"그럼 일단 작별이구나."

"정령계에 처음 왔는데, 정말 좋은 경험이었어, 파룸."

"네, 악셀 씨와 데이지 씨도, 감사했어요."

날이 저물기 시작했을 무렵, 나는 정령 도시 인볼그의 중앙에 왔다.

"뭐 작별이라고 해도, 필요하면 다시 올 생각이지만."

"네, 잘 부탁드려요. 마력 순환도 중요하지만, 정령도를 통해 사람이나 물자가 오가는 건 매우 중요한 일이랍니다. 다만 너무 무리하지는 마시고요."

"하하, 물건을 전달하는 게 운반꾼이 하는 일이잖아. 그리고 이 정도는 별거 아니니까 너무 신경 쓰지 마."

운송주머니에 물건을 넣고 정령도를 돌파하는 게 전부니까 말이지.

"아, 참. 이 정령도 말인데, 저쪽은 어디로 연결되는 거야?"

적어도 내가 인볼그에 도착한 곳은 여기와 다른 곳이었다. 그러자 파룸이 뺨에 손을 대며 대답했다.

"음, 마수한테 마력을 빼앗기는 걸 피하려고 무작위로 열고 있지만, 대체로 도시 주변에 열립니다."

"도시 안에 나오진 않는 거야?"

"네. 건물이나 무언가와 충돌할 위험을 피해야 하니까요. 게다가 이번처럼 마수들이 몰려드는 사태가 되었다면 더욱."

"이야기를 듣고 보니 매우 정밀하게 조정해야 할 것 같네."

"공주님의 특기입니다. 마수 때문에 피해를 보지 않았으면 좀 더 세세하게 조작할 수 있었겠지요."

파룸이 약간 자랑스러운 듯 미소 지으면서 그렇게 말했다. 로리에의 능력을 꽤 신뢰하는 모양이다. 동료의 능력을 믿을 수 있다는 건 좋은 일이지.

"그렇구나. 알았어. 어디가 됐든 정령 도시와 가까운 곳이라는 거지?"

"네. 대신 단번에 건너셔야 합니다. ……이쪽에서 건널 때도 강풍이 부는데, 끝까지 건너지 못하면 이곳으로 되돌아오고 말거든요."

"그래."

여기서 인간계로 돌아가는 것도 여기 올 때와 별로 다를 게 없을 것 같았다. 편하게 건너가면 될 것 같다.

"아, 잠깐만요. 가시기 전에 이걸 가져가세요."

파룸이 주머니에서 무언가를 꺼냈다.

"이건…… 종인가?"

손바닥에 쥘 수 있을 정도로 작은, 빨간 초인종이었다.

"네. 정령의 초인종이예요. 원래는 정령도가 나올 좌표를 지정할 때 쓰는 물건입니다. 만약 저쪽에서 정령도가 필요하시면 이 종을 울려주세요. 그러면 길을 열겠습니다."

파룸은 그렇게 말하면서 종을 나에게 줬다.

들어보니 보기보다 꽤 무거웠다. 마력이 느껴지는 걸 보니 마도구겠지.

"이걸로 정령도를 열어달라는 신호를 보낼 수 있다고……? 문이 열리는 시간은 정해져 있는 게 아니었어?"

들기로는 아침, 점심, 저녁, 하루 세 번이라고 한 것 같은데? 마음대로 타이밍을 바꿔도 되나?

"그때 이외에도 필요하면 정령도를 열 수 있습니다. 물론 너무 무계획적으로 열면 로리에 님에게 부담이 가니 주의해야 하지만요."

"그렇구나. 그럼 상황을 봐가면서 써야겠네."

"그게…… 로리에 님께서 '사양 말고 막 사용해! 한 번도 안 울리면 다음에 물어볼 거야!'라고 하셔서……. 필요할 때가 오면 사용해 주세요."

로리에의 전언에 나는 무심코 쓴웃음을 지었다.

"말하는 모습이 벌써 상상되는군. 알았어. 그래서, 구체적으로는 어떻게 쓰는 거야?"

"종을 들고 세 번 흔들어주세요. 그러면 악셀 씨의 위치를 감지하고 그곳으로 문을 열 수 있습니다. ……여전히 불안정하겠지만요."

파룸이 면목 없다는 듯이 말했다.

"그 정도면 충분해. 내가 필요할 때 정령도를 열어 주는 것만으로도 큰 메리트야. 위치는 내가 맞추면 되고. 고마워 파룸. 로리에한테도 다음에 내가 직접 고맙다고 할게."

그렇게 말하자 파룸이 안심했다는 듯이 미소를 지었다.

"예, 부탁드립니다. 로리에 님은 거리낌 없는 성격이시지만, 사람들과 대화를 나눠 본 적이 별로 없거든요."

"어? 그랬어?"

"네. 이 도시의 주민들이 그 방까지 갈 일이 좀처럼 없으니까요. ……게다가 악셀 씨와 이야기하시는 걸 보니 즐거워 보였어요."

"그런 걸로 도움이 됐다면야 다행이지만."

여러모로 힘든 상황이지만, 그녀에게 작은 도움이나마 되었으면 좋겠다.

"뭐, 가능한 한 문제를 빨리 해결해야겠네."

"그렇네요. ……아, 시간이군요. 길을 열겠습니다. 악셀 씨, 데이지 씨, 괜찮을까요?"

"그래, 난 문제 없어. 데이지는……왠지 졸려 보이는데, 괜찮아?"

"아, 괜찮아~. 좀 졸릴 뿐이야~."

데이지는 내 품에서 졸고 있었다.

묘하게 말이 없다 싶더니만. 목소리로 보아 컨디션이 안 좋거나 하진 않은 모양이다.

그럼, 문제없겠지.

"파룸, 열어 줘."

"네."

파룸은 내 대답을 듣더니, 손을 들며 외쳤다.

"【개문 좌표 확정】.【구축:정령도】."

그러자,

"【정령 공주:인증 구축】."

허공에서 로리에의 목소리가 들려왔다. 그리고 곧 파룸의 손끝 부근에서 저번에 보았던 푸른 직사각형이 나타났다.

"흠, 로리에의 말대로 원격이군."

"네. 이제 들어가셔도 돼요."

"그래. 고마워. 그럼 또 올게. 내 용무는 아직이니까."

"내 친구랑 똑같이, 샘을 고치기 위해서라도 여러 가지 준비해서 올게."

"네. 기다릴게요, 악셀 씨. 데이지 씨."

그리고 나는 인간계로 돌아왔다.

다른 차원에서 얻은 정보를 옮기기 위해.

악셀이 정령도를 빠져나가고 몇 초 뒤, 아무 일도 없다는 듯 정령도가 사라졌다.

"저, 정말로, 이 길을 달려서 지나가다니……."

이렇게 불안정한 정령도를 건널 수 있다니, 그저 놀라울 따름이었다.

"정말 대단하신 분이었군요. ……그렇다면, 혹시…… 제 바람도 이뤄질지도 모르겠어요……."

그런 희망을 품은 듯한 말을 내뱉었다.

**최강 직업〈용기사〉에서 초급 직업〈운반꾼〉이 되었는데,
어째서인지 용사들이
의지합니다**

제6장 ◆ 동시 전선

"도착."

정령도를 빠져나오니 밝은 햇빛이 비치는 구릉지가 나타났다.

바로 눈앞에 벨티나가 보였다.

"수고했어, 친구. 무사히 벨티나로 돌아온 모양이야."

파룸이 말한 대로, 정령 도시에서 가까운 곳으로 길을 연 모양이다.

그런데…….

"어라? 마술 연구소 직원들은 정령도가 열리는 곳을 항상 감시한다고 했었는데, 주위에 아무도 없네."

정령도를 감시하던 마술 연구소 직원들이 보이지 않았다.

"듣고 보니, 친구 말이 맞아. 열리는 시간은 평소와 조금 다르다고 해도, 마수까지 없는 건 이상한데?"

"그렇네. 정령도가 열릴 때는 모일 텐데."

주변에 마수의 모습은 보이지 않았다. 주변에 머물던 흔적 또한 없었다.

지금까지 두 번 봤지만, 두 번 다 인간계에서 정령도가 열릴 때는 마수들이 모여있었는데.

"정령도가 나와도 마수들이 모여들지 않게 된 건가?"

"글쎄. 우리가 자리를 비운 동안 무슨 일이 있었는지도 모르지. 물어보러 갈까 친구?"

"좋아, 그럼 먼저 벨티나로 가서 마술 연구소든 의료 길드든 가 보자. 정보를 공유해야 하니."

"그렇게 하자. 나도 먼저 누구든 붙잡고 이야기하는 게 좋을 것 같아."

데이지와 그런 대화를 나누고 벨티나로 향했다.

마을 안으로 잠깐 걸어 들어갔더니 몇 시간 전에 본 얼굴이 보였다.

"어이, 다녀왔어, 카틀레아 씨."

나는 그녀에게 손을 흔들면서 소리쳤다.

"어……? 오, 악셀……인가?!"

카틀레아는 놀라움과 기쁨이 섞인 표정을 짓더니 이쪽으로 달려와서는 내 손을 꽉 쥐었다.

"오—— 실체도 있군. 정말 정령계에서 돌아온 건가?!"

"그래, 방금."

"무사해서 다행이구먼! 정령도를 통과할 거라고는 생각했지만, 저쪽에서 무슨 일이 일어났을지 모르는 데다 연락도 할 수 없어서 거의 제정신이 아니었지."

"아~ 연락 수단이 없었으니까."

"음, 기분 전환도 겸해서 평소대로 일해 보려고 정령도를 안정시킬 방법을 찾는 실험을 하고 있었네. 초원이나 구릉지에 실험용 도구를 가져다 놓고 여러 곳을 돌아보고 있지."

그래서 여기서 걸어 다니던 건가.

"이런, 걱정을 끼쳤나 보네."

"괜찮다. 무사하면 됐지. ……그런데, 정령계는 무사하던가?"

카틀레아가 조심스럽게 물었다.

"그래. 무사했어. 인볼그에 파견된 직원 20명도 모두 건강했고."

"그, 그랬군. 저편의 도시 이름을 알고 있다는 건 정말로 도착한 모양이구나……. 음. 다행이야."

카틀레아가 표정을 풀었다.

말뿐이었지만 조금은 불안을 해소한 모양이다.

"정령계에서 들은 정보를 이야기해주고 싶은데, 시간 있어?"

"그건 물론이지. 없어도 만들어야지. 다만, 잠깐 연구소 회의실에서 기다려 주겠나? 사람들을 모아와서 거기서 보고회를 하지."

"아~ 그게 효과적이겠네. 알았어."

"그럼 서둘러서 사람들을 모아오도록 하지."

그렇게 인간계로 귀환한 나는 마술 연구소에서 보고회를 하게
됐다.

마술 연구소 안쪽에 있는 회의실에는 마술 연구소의 간부들과
카틀레아, 의료 길드 주요 길드원, 바젤리아와 사키였다.

"와~ 주인, 고생했어~."

"아아, 반나절 만에 악셀을 봤더니 빛나는 것 같아요…….."

바젤리아와 사키, 둘이 달라붙었지만 난 신경 쓰지 않고 모인
사람들에게 현재 상황을 보고했다.

"설마, 그런 사태가 일어났다니…….."

"정령의 샘이나 정령 공주님까지 이번 일로 악영향을 받고 있
을 줄은…….."

카틀레아와 보탄이 충격을 받은 듯했다.

지금까지 저편의 정보가 전해지지 않았으니 어쩔 수 없었지만,
이런 사태는 예상외였나보다.

"그래서 저쪽에서 원인을 조사하고 있었어."

"흐음, 그랬구먼. 음, 고맙다, 악셀. 덕분에 무슨 일이 일어났
는지 알게 됐구나. 하지만 그런 거라면 지금 하는 실험들은 의미
가 없겠군."

"무슨 실험인데?"

방금도 정령도 안정화를 위한 실험을 하고 있다고 했었지. 구체적으로는 뭘 하는 건지는 듣지 못했다.

그래서 지금 물었더니,

"음, 정령도가 안정되지 않는 건 마력이 부족한 거라고 가정하고, 대량의 마석을 정령도가 나온 지점에 배치해서 길 안으로 흘려 넣어서 억지로 안정화하는 실험이었지."

"대단한 파워 플레이군."

"그렇지. 그런 식으로 해결되는 문제도 가끔 있으니까, 시도해 볼 가치는 있겠다 싶어 오늘 시행했는데…… 모든 조절을 정령계에서 하는 식이라면 의미가 없지. 뭐, 실험은 늘 실패가 따르는 법일세."

"긍정적이네."

"당연하지. 저쪽에 있는 동료들이 무사하다는 걸 알았으니 걱정을 하나 덜지 않았나."

와하하, 하고 카틀레아가 웃었다.

아무래도 진심으로 건너편에 있는 동료가 걱정되었던 모양이다.

내가 정령계를 다녀온 것으로 그녀의 부담감을 덜었다면, 충분히 의미 있는 일이었다고 생각한다.

"비, 비상사태입니다!!"

그때, 갑자기 회의실에 연구소 직원 한 명이 뛰어 들어왔다.

"무슨 일인가? 그렇게 급하게."

카틀레아의 반응을 보고, 직원은 초조한 표정으로 떨리는 목소리로 말했다.

"궈, 권제의 용사와 함께 초원에서 실험하던 도중 정령도에서 마수—— 용이 나타났습니다!"

정오가 조금 지난 시간.

마술 연구소 직원은 초원에서 정령도 안정화 실험을 하고 있었다. 대량의 마석으로 마력을 보충해 안정화를 꾀할 수 없을까 하는 실험이었다.

다른 가설들과 비교하면 매우 단순한 발상이었지만, 아직 실험하지 않은 방법이었다.

연구원이라 자칭하는 이상, 실험을 통해 결과를 내기 전에는 결과를 멋대로 정할 수 없다.

컨테이너에 마석을 가득 채우고 초원에 두었다.

컨테이너에 새긴 술식이 마석에서 마력을 짜내어 정령도에 보내는 구조다.

"이걸로 정령도가 열렸을 때 안정을 찾으면 좋겠는데."

술식의 각인을 새긴 《중급 마법사》 직원이 컨테이너를 쳐다보면서 중얼거렸다. 그 말을 듣고 옆에 있던 직원들도 쓰게 웃으면서 고개를 끄덕였다.

"하하, 그렇게 잘 풀릴까? 뭐 되면 좋겠지만. ……그래도 그 빠른 운반꾼 형씨 덕분에 그래도 약간은 진전이 있을 것 같아."

"그렇지. 이번 실험에서 좋은 결과가 나오면 좋겠군."

"음, 뭐, 저녁이 되면 알겠지. 서둘러 다른 곳에도 배치하러 가자고."

그런 이야기를 나누면서 직원들이 이동하려던 순간.

──번쩍.

그들의 뒤에 빛이 생겨났다.

그건 직사각형의 문과 비슷한 형태를 띤 빛이었다.

"어…….."

"왜 지금 정령도가 열려 있지?"

낮에 정령도가 열린 지 얼마 지나지 않았다.

다음에 열리는 건 저녁일 테고, 이렇게 빨리 열린 적은 한 번도 없다.

……이건 새로운 관측 결과인가……?

마법사 남자는 그렇게 생각하면서 정령도에서 나오는 빛을 쳐다봤다. 그리고 눈치챘다.

"어, 이봐. 저게 뭐지⋯⋯?"

빛 속에서 눈이 여덟 개 달린 검은 용의 머리가 보였다.

용은 그대로 억지로 빛으로 된 문을 억지로 열더니 스르륵 초원으로 튀어나왔다.

검은 비늘로 덮인, 문을 가득 채울 만큼 굵고 중후한 목이었다.

"정령도에서 뱀형 용(龍) 마수가⋯⋯?!"

"크, 크다⋯⋯!"

직원들이 그렇게 중얼거린 순간.

"──크아아⋯⋯!!"

용은 한번 목을 울리듯이 소리를 내더니.

──쿵!

지면을 울리면서 마석이 든 컨테이너를 집어삼켰다.

"으아악?!"

그야말로 순식간이었다.

성인 남성 둘은 있어야 들 수 있는 컨테이너를 아무렇지 않게 한입에 삼켜버린 것이다.

"이, 이봐, 뭐야, 저 커다란 놈은……? 마석을 몽땅 삼켜버렸어?!"

용의 움직임은 거기서 멈추지 않았다.

"……!!"

용의 거대한 눈 중 하나가 연구원들을 향했다.

"──!"

직후, 거대한 광탄이 나타나 직원들을 공격했다.

"으아아악……?!"

"어, 【어스 · 실드】!"

직원 한 명이 급하게 흙으로 된 벽을 만들었다. 그러나 흙벽은 광탄과 충돌하여 단번에 사라지고 말았다.

"저, 저 마수, 여기를 노리는데……!"

"그래, 맞서 싸우자! ──【파이어 · 랜스】!"

다른 직원이 부서진 흙벽 조각을 날려버리면서 주문을 외워서 화염 창을 만들었다.

중급 화염 마법. 용 계열이나 도마뱀 계열 마수들에게는 효과적인 마법이다.

직원들은 정확하게 눈을 노려서 날렸다.

──후욱.

그러나 맥없는 소리와 함께 화염 창이 사라졌다.

"설마, 튕겨낸 건가……?!"

"중급 마법을 튕겨내다니, 보통 놈이 아닌 것 같은데……?!"

한 직원이 그렇게 말한 순간.

"……!!"

용이 직원들을 날려버리듯이 고개를 휘둘렀다.

"으악……?!"

"큭……!!"

거대한 덩치에 비해 너무나도 빠른 움직임에 《마법사》 주위에 있던 동료들이 모조리 튕겨 날아갔다.

용은 멈추지 않고 다음 타깃을 노리기 시작했다.

"……이번에는, 나를 노리는 건가……!"

용은 중급 마법사를 향해서 크게 입을 벌렸다.

사나운 빛을 띤 송곳니가 보였다.

마법사 직원은 깨달았다.

이대로 꼼짝없이 잡아먹힐 거라고.

그러나.

"여기서 무슨 짓이냐……!"

굵직한 목소리와 함께,

──쾅!

호쾌한 타격음이 들렸다.

게일이 검은 머리를 측면에서 후려치는 소리였다.

"크오오오……?!"

용이 비명을 질렀다.

"게, 게일 님……!"

게일은 주먹을 앞으로 내밀고 자세를 잡더니,

"용인가."

그 한 마디를 남기고 그대로 달리기 시작했다.

"쿠오오……!!!"

용은 게일을 향해 목을 휘두르려고 했으나.

"역린이 보이는구나……!"

그보다 빠르게 용 밑으로 파고 들어가 체중을 담아 왼 주먹을 위로 뻗었다.

"【블래스트 잽】."

그러자 게일의 왼 주먹이 용의 역린을 부쉈다.

그러나 게일의 주먹은 거기서 멈추지 않았다.

"키⋯⋯!"

주먹은 그대로 계속 뻗어나가 용 안에 있던 코어를 부수었다.

"해, 해치웠다⋯⋯!"

"여, 역시, 권제의 용사님이야⋯⋯!"

직원들의 함성을 들으면서 게일은 앞에 있는 용을 보고 있었다.

역린 안에 있는 코어를 부수면 용은 죽는다.

그게 상식이다.

즉, 눈앞에 있는 용도 산산이 부서졌어야 했다.

"크오오오⋯⋯!"

그러나 검은 용은 그 몸을 유지한 채로 몸을 구부리더니 날뛰기 시작했다.

몸이 부서지거나 하는 모습이 전혀 없었다.

그러기는커녕.

"재생하는 건가⋯⋯?"

부서진 코어, 그리고 역린 부분에 검은 불이 붙더니 몸이 재생

하기 시작했다.

"되, 되살아났다……?!"

직원들은 경악을 감추지 못했다.

그들조차도 이런 일을 겪는 건 처음인 듯했다.

이 도시 사람들도 처음 보는 마수라는 의미였다.

게일은 이걸 어찌 대응할지 고민하기 시작했다.

"——키……!!"

그 순간, 여덟 개의 눈을 가진 용이 울음소리를 내더니 몸을 구부려 정령도로 돌아가기 시작했다.

그대로 그 몸을 정령도 너머에 숨기기 시작하더니,

"——팟."

용의 몸이 전부 넘어간 순간 정령도가 닫혔다.

초원에 남은 건 용이 날뛸 때 분 바람뿐이었다.

"역린을 부숴도 살아있다니. ……대체 정체가 뭐지?"

보고회장에 온 게일에게서 초원에서 일어난 습격 사건의 자초

지종을 들었다.

"즉, 정리하면 정령도에서 용의 머리가 튀어나왔고, 마력을 삼키며 직원들을 습격했는데, 역린을 부숴도 죽지 않았다는 거지?"

"그렇다, 연구소장."

카틀레아의 정리에 게일이 고개를 끄덕였다.

"역린을 부숴도 죽지 않는 용이라니, 그런 마수가 존재하는 걸까요……."

이야기를 들은 보탄이 걱정스러운 표정으로 그렇게 중얼거렸다.

확실히 용은 역린이 약점이고 그걸 파괴하면 죽는 게 보통이다.

그렇지만, 내 생각은 다르다.

"그놈, 혹시 비늘이 검고 뾰족하며, 눈이 여덟 개 있지 않았어?"

그렇게 물었다.

그러자 게일이 고개를 끄덕였다.

"맞아. 악셀, 그놈의 정체가 뭔지 아나?"

"그래. 그런 외관이라면 아마 우로보로스겠지."

"우로보로스……?! 고룡이 나타났단 말인가?!"

내 말을 듣고 카틀레아가 깜짝 놀라 소리쳤다.

"어라? 그 마수를 알아?"

"오래 살았으니까. 들은 적이 있는 정도이네. 마왕 전쟁 때 수

많은 전사를 그 거구로 눌러버렸다고 들었는데, 맞나?"

"그래, 사실이야. 그 녀석은 덩치가 꽤 크니까……."

나는 과거를 떠올리면서 말했다.

그리고 내 말을 되풀이하듯이 게일도 소리를 질렀다.

"확실히. 내가 발견했을 때는 목만 조금 나와 있는 상태였는데도 덩치가 수십 미터는 됐지."

"뭐, 그렇겠지. 우로보로스는 양 끝에 머리가 달려있고, 전체 길이는 수십 킬로미터에 달하니까."

그렇게 말하자 보탄이 놀란 표정을 지었다.

"크, 크기가 수십 킬로미터나 된다니, 정말인가요? 그건, 차원이 다른데……."

"그래, 용 중에서 크기로는 1, 2위를 다투는 수준이야."

"음…… 제법 자세히 아는군. 본 적이 있어?"

"그야, 마왕 대전쟁 때 싸워본 적이 있으니까."

지금은 먼 옛날 일이지만.

"쓰, 쓰러트렸나요?"

"뭐 그렇지. 그게 용기사가 할 일이었고."

"대단하시네요. 그렇게 거대한 상대를……."

"사실 덩치가 큰 건 그다지 문제가 아니야. 놈의 성가신 점은 따로 있거든."

"네?"

"녀석은 아무리 몸에 아무리 상처를 내도 재생해."

"그, 그게 무슨 말씀이세요?"

"놈을 죽이려면 양쪽 머리에 있는 코어를 동시에 부숴야 해. 그렇지 않으면 몇 번이고 되살아나거든."

나는 과거에 있었던 일을 다시 떠올렸다.

그때도 몇 번을 베어도 죽지 않고 우리 진영에 계속 피해를 줬었다.

"그럼 몸을 공격해도 의미가 없겠군요……."

"역린과 코어를 파괴해도 죽지 않았던 건, 그 때문인가."

게일도 이해한 듯하다.

"어머, 게일 님은 악셀 님과 파티를 짜고 계시지 않았나요? 같이 쓰러트리신 거 아니었나요?"

보탄이 그렇게 물었지만, 나는 고개를 옆으로 흔들었다.

"그래, 용사 시절에 파티를 짜긴 했었지만, 놈과 만났을 때는 나 혼자였거든. 바젤리아와 사키도 없었을 때였고. 이 커다란 놈을 어떻게 해야 할지 생각하면서 싸웠었지. 놈의 비밀을 알아낼 때까지 계속. 그땐 꽤 고생했어."

"어, 어떻게 쓰러트리셨나요? 이야기하시는 걸 들어보니, 돌파구가 보이지 않는데요……."

"그때는 우로보로스를 앞에 두고 온갖 방법으로 공격하면서 확인했지. 마지막에는 온 힘을 다해 창을 던져서 한쪽 머리를 부수는 동시에 검으로 나머지 역린을 부쉈어. 그렇게 코어 두 개를 동시에 부수면 된다는 걸 알아냈지. 이번에도 그렇게 하면 돼."

"하면 된다니, 수, 수십 킬로미터나 되는데 창을 던져서……."

"대단하네……."

보탄과 카틀레아는 아연한 눈으로 나를 쳐다봤다.

하지만 그때는 어떻게든 해야만 했다.

"원거리 저격용 스킬을 써서 반자동으로 날아가게 했을 뿐이야. 그 탓에 한쪽 팔이 약간 망가졌었지만."

"……과연. 언젠가 악셀이 어깨 앞쪽의 살이 거의 날아간 채로 거점에 돌아온 적이 있었지. 의료반이 매우 시끄러웠는데, 그런 이유였나. 내 기공으로 치료를 보조했던 기억이 나는군."

"아, 그때는 고마웠어, 게일."

그러자 곧장 바젤리아와 사키가 나에게 다가와서 팔을 잡았다.

"주인, 정말로 옛날부터 그렇게 위험하게 싸웠구나……."

"조심하세요. 목숨도 쉽게 던질 것 같으니까. 조심하세요. 정말로……."

"아니, 나도 무리할 생각은 없었어. 그때는 방법을 몰라서 어쩔 수 없이 그랬을 뿐이야. 다른 방법이 떠오르질 않았거든. 그리고 그 전법은 이제 못 쓴다고."

그렇게 말하자 보탄이 운송주머니를 쳐다보았다.

"그건, 악셀 님이 용기사 직업을 잃어서 그런가요?"

"그것도 있지만…… 녀석이 숨어 있는 게 가장 큰 문제야."

"차원이 다른 공간―― 인간계와 정령계의 틈에 몸을 두고 있으니까 말이네."

그 말을 듣고 바젤리아는 아아, 하고 소리를 냈다.

"그렇구나……. 여기서 아무리 공격해도, 반대쪽 머리가 다른 세계에 있으면 의미가 없겠구나."

"그렇지. 어떻게 인간계와 정령계 사이에 들어간 건지는 모르겠지만. 이 세계와 차원이 다른 이상 맞출 수가 없어."

"보고를 듣자니 우로보로스는 스스로 문을 만들어서 몸을 내밀 수 있는 것 같은데, 그럼 우로보로스는 언제든 공격을 마음대로 할 수 있다는 의미가 아닌가."

카틀레아가 고민스럽다는 표정으로 중얼거렸다.

"그래. 차원마저 가를 수 있는 스킬도 있지만…… 여기서 누군가가 할 수 있는 녀석이 있을지 모르겠는데."

나는 동료들을 둘러봤지만,

"난 화력이 부족해~."

"저는 불가능해요. 나라 하나를 가릴 정도로 큰 마법진이나 특별한 마도구가 있다면 모르겠지만요."

"……나도 마찬가지다."

"나도. 애초에 공격 능력은 평범하니까, 친구."

전부 한결같이 고개를 저었다.

당연하다.

그런 초월적인 위력을 가진 공격을 간단하게 할 수 있을 리가 없지.

"뭐, 애초에 차원을 가르는 일격을 날릴 수 있다고 해도, 실수하면 대참사가 날 테니 방심할 수 없지만. 어디에 어떤 피해가 생길지 알 수 없거든. 애초에 우로보로스를 쓰러트릴지 어쩔지 아직 방침도 정하지 않았고."

"가능하면 토벌을 부탁하고 싶네. 정령계로 향하는 길에 그런 마수가 있으면 너무 위험해. 더구나 인간계로 몸을 내민 걸 보면, 정령계도 공격할 가능성이 있어. 그리고 이미 연구원을 공격한 전적이 있으니, 어느 쪽이든 모른 척할 수는 없네."

"……그럼, 토벌한다는 전제로 말하는데, 놈을 쓰러트리려면 다른 머리가 어디 있는지를 알아내야 해."

그렇게 말하고 나서 나는 확인할 게 있어서 다시 게일에게 질문했다.

"참, 게일. 놈의 머리에 뿔이 있었어?"

"음? 뿔은 없었는데."

"그렇다면, 게일이 부쉈던 머리는 꼬리에 있던 머리—— 제2의 머리야."

"그런 건가?"

"응. 우로보로스는 머리가 두 개인데, 꼬리, 즉 제2의 머리는 뿔이 없고 작아. 보조 머리라고나 할까. 그만큼 방어력도 약해서 코어를 부수기도 쉽지."

내 말에 직원들이 술렁였다.

"그게 부수기 쉽다고……? 우리는 상대도 안 됐는데……."

"진짜 머리는 그것보다 튼튼한 건가……."

그들의 예상대로 제1 머리는 제2보다 딱딱하다. 고로, 제2의 머리보다 강력한 기술을 써야 한다.

"뭐, 우선은 제2의 머리를 찾아낸 것만으로도 큰 수확이지. 말 그대로 '꼬리는 잡았다'라고 할 수 있으니. ……그 녀석은 마석의 마력에 반응해서 나왔지?"

"그래."

"그렇다면 꾀어내는 건 어렵지 않겠지. 한 번 더 마석을 미끼로 삼으면 나올 거야. ……우로보로스는 식욕이 많거든."

"그럼, 다른 머리는 어떡하지? 양쪽 모두를 부숴야 하는 게 아닌가?"

게일의 의문은 당연했다. 물론, 다른 머리도 어떻게든 할 수 있다.

"그건 내가 어떻게든 할게. 녀석의 머리가 나왔을 때, 놈의 몸을 따라 다른 머리를 찾아내면 그만이니까."

그러자 카틀레아가 눈을 크게 뜨고 일어났다.

"자, 잠깐! 놈의 몸을 타고 달리겠다는 말인가?"

그녀의 말에 나는 당연하다는 얼굴로 고개를 끄덕였다.

"그래. 우로보로스만큼은 아니지만, 몸이 긴 녀석들을 몇 번이고 상대해서 익숙하거든. 스킬을 쓰지 않고도 그 정도는 할 수 있어."

"며, 몇 번이나. ……진심인 건가……. 지독하구나……."

카틀레아는 입을 벌리고 의자에 천천히 앉았다.

지독하다니, 무엇보다 확실한 방법이 아닌가.

"확실히 그렇게 하면 다른 머리도 찾을 수 있겠지만……."

"그렇지."

"──그럼, 작전은 정해졌군."

게일은 그렇게 말하고 나를 쳐다봤다.

"이쪽에 나타난 머리는 우리가 격파하겠다."

"좋아. 그럼 남은 머리는 내가 달려가서 쓰러트릴게."

"아니, 잠깐만. 타이밍은 어떻게 맞추려고? 동시에 쓰러트리지 않으면 부활한다지 않았나?"

카틀레아는 그렇게 말했다.

확실히 그 점도 중요하지.

하지만.

"그건 나한테 맡겨! 주인의 파트너니까!"

"네, 아내인 저라면 악셀의 움직임이 보이지 않아도 맞출 수 있습니다. 설사 차원이 다르다고 해도 문제없습니다. 그러니 제2의 머리를 쓰러트리는 건 우리에게 맡기세요."

"……나는 악셀의 공격을 진동이나 마력의 파동으로 느낄 수 있다. 호흡을 맞추는 건 간단하지. 설령 타이밍이 맞지 않더라도 몇 번이고 계속 쓰러트리면 그만이다."

바젤리아와 사키, 게일이 그렇게 말했다.

"그럼, 나는 친구의 품에서 도와줄게. 떨어질 것 같으면 우로보로스의 목에 사슬을 찔러넣어서 끌어올려 줄 수 있을 거야."

"하하, 믿음직스럽네. 나는 우로보로스의 제1 머리를 발견하는 대로 처리하면 되겠군. ……응, 작전은 이렇게 하면 되겠어, 카틀레아."

카틀레아에게 그렇게 말하니, 그녀는 입을 몇 번이고 뻐끔거리다가 이내 고개를 끄덕였다.

"흐음…… 터무니없는 계획이지만, 그것이 용사들의 방법이란 건가. 알겠다. 달리 방법도 없으니, 부탁하겠네."

그렇게 말한 뒤 그녀는 자세를 바로잡고 다시 우리를 쳐다봤다.

"이 작전으로 우로보로스가 토벌되면 우리가 은혜를 입는 것이니, 이 인간계의 정령 도시의 주민인 내가 용사들에게 우로보로스 토벌 의뢰를 맡기는 것으로 하지."

카틀레아는 숨을 가다듬고 이어서 말했다.

"정령도가 불안정해진 후 처음으로 연락이 닿은 와중에 이런 일이 벌어지다니. 이래서는 마음 놓고 수복 작업을 할 수 없네.

더구나 놈이 정말로 식욕이 많다면 녀석이 정령도를 불안정하게 만든 원인일 수도 있고. 물론 확실한 건 없네. 하지만 시도해볼 가치는 있지. ——그리고 지금 정령도를 뚫고 지나갈 수 있는 건 악셀뿐. 그러니 정령 도시 주민으로서, 자네에게 가장 중요한 일을 맡기겠네. 부탁을 들어주겠나?"

정령 도시의 주민으로서 카틀레아가 진지하게 부탁했다.

내 대답은 이미 정해져 있다.

"그래, 맡겨줘."

"……고맙네. 정말 고마워."

제7장 ◆ 용사들의 힘

정령 도시 벨티나에서 작전 회의를 끝낸 뒤, 나는 도시 밖으로 나와 정령의 종을 울렸다.

정령계에 가기 위해서다.

목적은 여기서 이야기한 작전을 정령계에 전하는 것이다.

……우로보로스는 뭐, 걱정하지 않아도 되겠지. 죽진 않았지만, 게일에게 맞았으니 오늘은 얌전히 있을 거야.

놈도 오늘은 몸을 쉬려 할 거다.

그러니 이 틈에 양쪽 세계에 정보를 공유해서 토벌 작전을 준비해야 한다.

작전 결행은 내일 아침.

──딸랑……

종소리가 울려 퍼졌다.

여울을 떠올리게 하는 작고 맑은 소리.

나는 종을 세 번 울렸다.

······자, 제대로 했다면 이제 정령도가 열릴 텐데······.

그 순간.

──번쩍.

내 눈앞에서 허공이 빛나더니 이윽고 정령도가 나타났다.

"오오, 바로 나왔네."

거의 종을 울리자마자 나타났다.

어떻게 감지하는 건지는 모르겠지만, 대단한 반응속도였다.

나는 몇 시간 전과 같은 방법으로 정령도를 돌파했다.

그러자 몇 초 지나지 않아 황혼이 된 정령계에 도착했다.

"아, 안녕하세요, 악셀 씨."

도착한 곳에는 파룸이 있었다.

아무래도 나오는 걸 기다려줬던 모양이다.

"또 보네. 이제 곧 밤인데, 마중 고마워, 파룸 씨."

"아닙니다. 정령의 초인종이 울리면 바로 출입구를 만들기로 했으니까요. 여기서 잠시만 기다려 주세요. 우선 공주님께 연락 하여 마수가 몰려들기 전에 문을 닫아야 하거든요."

그렇게 말하더니 파룸은 손에 든 종을 울렸다.

그러자 빛으로 된 문이 사라졌다.

"이걸로 된 건가?"

"네. 인간계에 문을 열지 않으면 마력을 흘려보낼 일도 없으니까요. 문을 금방 닫으면 몰려들 일도 없겠지요."

"그렇구나. 그럼 저쪽은 걱정할 필요 없겠군."

"그렇죠. ……그래서, 무슨 일이 있었나요?"

"응. 여러 가지 보고할 게 있어. ……정령도에서 마수가 나왔는데, 놈이 이 사태를 만든 범인일지도 몰라."

그 말을 들은 파룸의 눈빛이 변했다.

"마수가 정령도에서 나왔다고요?! 그게 정말인가요……?!"

"그래. 놈의 정체도 알아냈어."

그렇게 말하자 파룸의 표정이 진지해졌다.

"……그랬군요. 그럼, 곧바로 공주님이 계신 곳으로 가시죠. 바로 연락하겠습니다."

"그래, 부탁할게."

인볼그 궁전 안.

알현실에 온 나는 로리에, 파룸 그리고 정령 길드원들을 모아놓고 인간계에서 있었던 일을 이야기했다.

"과연, 고대종 우로보로스가 틈새의 세계에 숨어 있었군요."

파룸이 놀라움이 담긴 목소리로 말했다.

옥좌에 걸터앉아 있는 로리에도 눈살을 찌푸렸다.

"맹점이었네. 설마 그 틈새 세계에서 살 수 있는 생물이 있다니. 온갖 마력이 뒤섞인 곳이라 오래 있으면 보통 문제가 생기는데 말이야."

"정령도에서 떨어지면 곧장 되돌아오게 되는 것도 그런 위험을 피하고자 설치한 안전장치입니다. 하지만 고대종은 강력한 상태 이상 내성을 가졌으니, 견딘다 해도 이상하진 않군요."

고대종은 보통 마수보다 신체가 강한 경우가 많다.

이번에 나타난 우로보로스도 중급 마법으로는 상처 하나 낼 수 없는 표피를 가지고 있다.

"……뭐, 그렇다고 해도 아직 우로보로스가 정령의 샘을 더럽힌 원인이라고 확정된 건 아냐. 정령도에 잠복해서 그 안의 마력을 먹어 치우고 있는 건 사실이겠지만."

녀석을 쓰러트려도 정령도가 안정화되거나, 정령의 샘이 맑아진다는 보장은 없다. 우로보로스가 정령계의 문제와 관련이 있다는 확증은 없으니까.

"그렇지. 하지만 상황을 보면 우로보로스가 범인인 게 거의 확실해. 그리고 어느 쪽이든 정령도의 안전을 위해서 토벌해야 하는 건 변함이 없어. 우리도 기꺼이 협력하지."

로리에가 그렇게 말했다.

"고마워. 다만 조금 무리한 부탁을 하게 될 텐데, 정말 괜찮아?"

나는 방금 설명한 작전을 다시 생각하면서 그녀들에게 다시 물었다. 그러자 로리에가 대수롭지 않다는 얼굴로 대답했다.

　"무리한 부탁? 뭐, 반대쪽 머리를 찾으면 예비 정령도를 열어달라는 거 말이야? 그 정도는 문제없어."

　이것도 작전 회의에서 나온 작전 중 하나였다. 나는 우로보로스의 몸을 타고 갈 예정이지만, 만약에 대비해 정령계 쪽에서 우로보로스의 몸 가까이에 길을 하나 열어두자는 작전이었다.

　"마력 소모가 제법 크다고 했으니까 말이야. 내가 부탁해놓고 이런 말 하긴 뭐하지만, 무리할 필요는 없어."

　그렇게 말하자 로리에가 어이없다는 얼굴로 대답했다.

　"너야말로 무리하는 거 아냐? 고대종의 몸을 타고 지나간다니, 정말 가능하긴 해?"

　"처음 하는 것도 아닌데 뭐. 그리고 딱히 다른 방법도 없잖아?"

　그게 우로보로스의 제1 머리를 쓰러트리는 가장 확실한 방법이다.

　"그래, 알았어. 나도 전력을 다해서, 억지로라도 정령도를 유지할게. 조금이라도 우로보로스를 쓰러트리기 쉽게."

　"그래, 고마워."

　"그리고—— 네 노력에 걸맞게, 나도 길을 하나 더 내도록 하지."

로리에가 검지를 세우며 나에게 말했다.

이미 정령도를 하나 열어 준 것만으로도 충분한데.

"하나를 더 열겠다고?"

"그래. 틈새 세계에서 우로보로스의 머리를 찾아내면 종을 다섯 번 울려. 그러면 거기서 가장 가까운 곳에 정령계와 이어지는 출구를 만들게. 거기에 놈의 머리를 밀어 넣어."

"아니, 머리를 밀어 넣으라니, 그랬다간 우로보로스가 정령계로 튀어나오는 꼴이잖아?"

그렇게 하면 당연히 전투도 정령계에서 벌이게 된다.

물론, 가능한 주변에 피해가 가지 않도록 조심하겠지만, 아무런 피해도 없을 리가 없다.

게다가 마음 놓고 전투를 할 수 있을 만큼 넓은 장소가 있다면 모를까, 이 주변에는 도시와 작은 산림밖에 없다.

정령계에 피해가 가는 걸 막을 방법이 없다.

"어차피 놈이 정령의 샘의 마력을 먹고 있는 시점에서 구멍이 난 거나 마찬가지야. 그리고 정령계를 너무 얕보지 마. 이 땅은 싸울 수 있도록 만든 도시라고."

로리에는 자신 있다는 듯이 웃으면서 대답했다.

"싸울 수 있도록?"

"그래, 내게는 정령 도시 관리자들이 대대로 물려준 스크롤이 많아. 그중에는 『전장 구축』이라는 것도 있지."

로리에는 그렇게 말하면서 의자 팔걸이 사이로 스크롤 하나를 꺼냈다.

"정령도를 만들 때와 같은 방법으로 이 도시 어디든 전장을 만들 수 있어. 정령계에 적이 나타나도 마음껏 싸울 수 있도록 대대로 내려온 마법이지. 머리가 어디서 튀어나오든 바로 전장으로 삼을 수 있어."

"도시 옆에 전장을 만든다니, 몹시 호전적인 마법이네……."

"호전적이지. 하지만 이 마법을 쓰면 도시를 지킬 수 있어. 주변에 피해가 미치지 않도록 튼튼한 전장을 만들 수 있거든. 틈새 세계 같은 불안정한 곳에서 싸우는 것보단 훨씬 좋을 거야. 나는 주민들도 지키고 싶고 정령도도 지켜야 하는데, 여기서 네가 이기는 것만 멍하니 기다릴 순 없지."

로리에가 굳건한 마음을 고했다.

그녀의 눈에서 굉장한 열기가 느껴졌다. 우로보로스가 감정을 자극한 건가.

나로서도 강한 바람이 부는 곳보다는 안정적인 곳에서 싸우는 게 더 유리하다.

"고마워. 그럼 부탁할게."

그녀의 도움을 감사히 받기로 했다.

그러자 로리에가 웃으면서 고개를 끄덕였다.

"그래, 사양하지 마. 우리 문제를 도와주겠다는데, 오히려 아무

것도 못 해주면 내가 더 불편하다고."

정말이지, 심지가 굳은 공주님이군.

나도 웃으면서 고개를 끄덕였다.

"그래. 그럼 내일 보자."

"나야말로. 작전이 무사히 완수되기를 기원하지. 마수랑 같이 오기를 기다릴게, 악셀."

정령계에 보고하고 인간계로 돌아온 다음 날 이른 아침.

살짝 쌀쌀한 아침 바람을 느끼며 나는 정령 도시 근처 평원에 서 있었다.

평원은 살짝 언덕이 져서, 주변이 한눈에 내려다보여 살피기 좋았다.

이 언덕을 중심으로 같은 간격으로 마석을 담은 컨테이너를 배치했다.

우로보로스를 꾀어내기 위한 먹이다.

……우로보로스는 게일의 공격으로 다친 몸을 회복하기 위해 체내에 축적된 마력을 소비하고 있을 터.

그리고 마력을 소모한 만큼 평소보다 식욕이 강해져 있을 거다.

우리가 노리는 건 바로 그 점이었다.

그래도 어떤 미끼를 물지는 모른다.

노골적으로 한 곳에 마석을 몰아 배치하면 녀석이 경계할 가능성도 있다.

그래서 컨테이너에 마석을 담을 때 가능한 비슷한 양이 되도록 했다.

이제 준비는 모두 끝났다.

"이렇게 보니 모이 낚시 같네."

원 중앙에서 나와 함께 주변을 살피던 게일이 말했다.

"낚시치곤 사냥감이 너무 큰데."

"음~ 언제쯤 올까, 주인?"

"우로보로스는 고대종 중에서도 식욕에 충실하니까, 이만한 먹이가 있으면 이상하다고 생각하면서도 먹고 싶어서 참을 수 없을 거야."

녀석과 싸웠을 때의 기억이 아직 선명하다.

야성적이기에 강하지만, 그렇기에 잡을 기회가 있었다.

거대한 용.

설마하니 전쟁이 끝난 후에 이런 곳에서 만날 줄은 몰랐다.

"그때와 똑같이 나오겠지?"

과거의 기억을 다시 떠올리면서 그렇게 중얼거린 순간.

"나왔다!"

저편에서 누군가가 소리쳤다.
그 직후.

"오…… 오오……!!"

1km 이상 떨어져도 알아볼 수 있을 만큼 거대한 용의 머리가
나타났다.
정령도가 열리는 순간 우로보로스가 튀어나온 것이다.

"우오오……!!"
지축을 흔들 만큼 큰 소리를 내면서 우로보로스는 먼저 눈앞에
있는 컨테이너를 낚아채듯이 삼켰다.
그것을 보고 컨테이너 근처에 대기하고 있던 직원들이 몸을 떨
었다.
"지, 진짜 커다랗군……."
"거, 겁먹지 마라! 놈의 움직임을 멈춰라!"
그러나 직원들은 떨면서도 적에 맞서 움직였다.

"【일렉트릭 시저】!"

"【에어·락】!!"

각자 지팡이나 촉매를 들고 우로보로스를 향해 마법을 쐈다. 전격의 가위나 바람의 낫이 우로보로스를 향해 날아들었다.

──챙!

그러나 그들의 마법은 우로보로스의 몸짓 한 번에 허무하게 가로막히고 말았다.

"튀, 튕겨냈다고?"

"상급 마법을 이토록 쉽게……!!"

마법사들이 전율하며 뒤로 물러났다. 그 직후, 우로보로스의 여덟 눈이 빛났다.

그러자 눈 주변에서 가느다란 빛이 채찍처럼 뻗어 날아왔다.

"윽…… 빛의 마력으로 된 채찍인가!"

"막아라! 당장 방어해!"

마법 연구자들은 한눈에 빛의 마력이 물질화한 공격이라는 것을 깨달았다.

"【우드 필러·실드】!"

다른 한 직원은 주문을 외우면서 지면을 힘차게 밟았다.

그러자 지면에서 커다란 나무들이 나타나 나무의 벽을 이루었다.

그러나.

──쾅!

"크오오오오!"

무지막지한 소리와 함께 빛의 채찍이 커다란 나무를 그대로 베어버렸다.

강한 충격에 주위에 있던 초목이나 지면도 함께 날아갈 정도였다.

물론 직원들도 충격에서 벗어날 수는 없었다.

"크윽…… 어떻게든 살았나……."

충격에 튕겨 날아간 직원들이 신음하면서 서로를 쳐다봤다.

"방어벽 덕에 목숨은 건진 모양이군……."

"젠장…… 우리끼리는 막을 방법이 없어……!"

눈앞의 우로보로스는 여전히 상처 하나 없었다.

고작 몇 초 싸웠을 뿐인데도 이 꼴이었다.

"아직…… 더 싸울 수 있어."

"그래. 결과가 안 보이는 실험도 끈기 있게 이어가는 인내력을 얕보지 마라……!"

움직일 수 있는 한, 조금이라도, 단 1초라도 이 용을 막아서야 한다. 그게 맡은 역할이니까.

"다들 잘했어. 기다리게 했군."

뒤에서 뒤를 등을 받쳐주는 듯한 바람이 불며 목소리가 들렸다.

"뒤는 우리한테 맡겨."

그리고 직원들을 쳐다봤다.

달려온 용사들의 모습을.

우로보로스가 나온 것을 확인하고 달려오기를 몇 초.

표적 앞에 육박한 게일은 그대로 뛰어올랐다.

"우선은, 악셀이 밟기 편하게 만들어야지. ──【쵸핑 임팩트】."

왼 주먹으로 우로보로스의 머리를 위에서 내려쳤다.

──콰앙!

굉장한 충격과 함께 우로보로스의 머리가 지면에 처박혔다.

충격에 밀려난 공기가 주위에 바람을 일으켰다.

"——?!"

공격의 위력에 놀랐는지, 우로보로스가 신음을 흘리면서 고개
를 들려고 했다.
하지만 그때 바젤리아가 뛰어 들어오더니,

"그 정도면 아직 주인이 달리기 힘들지! 【인첸트 · 더블 파이어
펀치】!"

화염으로 만든 두 주먹으로 후려쳤다.
우로보로스의 머리 위로 한 번 더 공격이 작렬했다.
바젤리아의 공격으로 우로보로스의 머리가 땅에 절반 정도 묻
혔다.

"——!!"

그것만으로 우로보로스는 움직일 수 없게 된 듯했다.
하지만 용사의 공격은 아직 끝나지 않았다.

"정말이지 둘 다 야만스러워요. 길은 스마트하게 만드는 거랍니다. ——【프리즈 · 스타빌라이드】!"

사키가 주문을 외우면서 지면을 발뒤꿈치로 두드렸다.
직후 지면과 우로보로스의 머리가 얼어붙었다.
우로보로스의 움직임이 완전히 멈췄다.
이것으로 길이 완성됐다.
"자, 준비가 끝났습니다."
"조심해서 가, 주인~."
"나중에 보자. 악셀."
우리 목소리를 들은 악셀이 웃으며 달려가기 시작했다.

"그래. 고마워 모두. 다녀올게."

그대로 우로보로스의 목이 뻗어 나와 있는 정령도에 들어갔다.
그리고 이내 곧 보이지 않게 되었다.
"……좋아. 이제 네 녀석을 막으면서 계속 쓰러트릴 뿐이다."
악셀이 사라지자마자 얼어붙어 있던 우로보로스가 얼음을 깨고 몸을 일으켰다.
여덟 눈을 빛내면서 강렬한 적의를 내뿜고 있었다.
"이런, 단단히 화가 난 모양이네요."

"우선 작전대로 직원들의 철수를 돕자."

"시간은 내가 벌지. 여기서 한 발짝도 움직이지 못하게 막을 테니 안심하고 그들을 도와."

게일은 그렇게 말하며 양팔을 크게 벌리고 우뚝 섰다.

"자, 우로보로스여. 제2라운드다."

"크오오오——!!"

"내 이름은 권제의 용사, 철혈의 도깨비, 게일. 강적은 무엇보다 원하던 상대다. 자, 간다……!"

우로보로스의 몸에 뛰어 올라타 멈추지 않고 계속 달렸다.

몸체가 거대한 만큼 달리기에 편했다.

어김없이 역풍이 불어오긴 했지만, 신경 쓸 정도는 아니었다.

이 끝에 제1 머리가 있다!

그것을 알고 있기에 묵묵히 용의 몸을 따라 달렸다.

"——!"

"어이쿠……."

그때 갑자기 우로보로스의 몸이 움직이기 시작했다.

품속에 있던 데이지도 용의 움직임을 느꼈는지 말을 걸어왔다.

"흔들림이 심한데, 괜찮아, 친구?"

"그래, 아무래도 날 눈치채고 떨어뜨리려 하는 거 같은데, 이 정도면 문제없어."

하지만 방심은 금물이다. 고룡을 너무 만만히 보면 안 된다.

"슬슬 정령도를 빌릴까."

나는 발을 멈추지 않고 계속 달리면서 바지 주머니에서 종을 꺼내 가볍게 세 번 흔들었다.

──딸랑.

가벼운 소리가 틈새의 세계에 울렸다.

그러자.

"───."

우로보로스의 몸을 따라가듯이 반짝이는 빛이 나타났다.

정령도였다.

정령도는 내가 달리는 길을 따라 내 머리 위로 계속 늘어났다.

아마 내 종소리를 기점으로 길을 만들고 있을 텐데, 놀랍게도 내 이동을 정확하게 추적하여 따라오고 있었다.

그것을 본 데이지가 감탄했다.

"오, 정령 공주와 길드 마스터의 솜씨가 대단한걸. 원격인데도 이만큼 정확하게 길을 만들다니."

"그래, 설령 떨어진다 해도 걱정 없겠어."

여차하면 정령도에 올라타면 된다.

용의 몸과 정령들이 만들어 준 길.

이만큼 있으면 충분하다.

"자, 우리도 기대에 부응해야지! 가속한다, 데이지!"

"알았어. 꼭 붙잡을 테니 전속력으로 가자!"

나는 한 단계씩 속도를 끌어올렸다.

가능한 한 빨리 우로보로스의 머리를 찾기 위해.

"사키, 바젤리아! 늦어서 미안하다!"

평원에서 용사들이 전투를 시작하고 얼마 지나지 않아 카틀레아와 보탄, 다른 사람들이 우로보로스의 포효를 따라 이곳에 잇따라 도착했다.

전투는 작전대로 게일이 전방을, 사키와 바젤리아가 직원들의 피난을 돕고 있었다.

"직원들은 무사한가?! 부상자는!"

"부상자가 몇 있지만, 죽은 사람은 없습니다! 직원들은 모두 철수했고, 부상자는 의료 길드 분들에게 응급 처치를 받는 중이에요."

사키가 대답했다.

"그나마 다행이군. 전황은 어떤가."

"전황은 순조롭습니다. 작전대로 앱손루웬트가 우로보로스를 막고 있어요."

사키가 게일을 가리키며 말했다.

그녀의 손끝에는 여덟 눈을 가진 용과 주먹으로 싸우고 있는 도깨비의 모습이 있었다.

"정말 혼자서 막아내다니, 대단하군……."

우로보로스가 여덟 눈에서 빛의 채찍을 다발로 소환해 휘둘렀다.

"흡……!!"

그러나 게일은 빛의 채찍을 가뿐히 막아내더니 한데 묶어서 지면에 꽂아 넣었다.

그것을 본 카틀레아와 직원들이 경악했다.

"큰 나무도 베어버리는 채찍을……!"

"저걸 손으로 막아내는 건가……?!"

"새, 생각보다 튼튼한 자로구나…….."

"네, 그는 용사 중에서 가장 튼튼하니까요."

"근접전 기술도 주인에게 뒤지지 않으니까, 당연한 활약이지~."

사키와 바젤리아는 당연하다는 듯 고개를 끄덕였다.

"……자, 피난이 끝났으니 우리도 가세하죠, 하이드라."

"물론! 진심으로 가자, 리즈누아르! 게일에게 질 수도 없지! 오늘 활약해서 주인에게 칭찬을 받을 거야~!"

강풍을 뚫고 용의 몸 위를 따라 달리기를 잠시.

"찾았다."

우로보로스의 머리가 보이기 시작했다.

새까만 뿔이 있고 여덟 눈을 가진, 제1 머리다.

우로보로스는 입 주위에서 검게 고인 마력을 내뿜고 있었다.

"……!!"

침입자를 발견한 우로보로스가 여덟 눈으로 나를 노려보았다.

그리고는 몸을 좀 더 강하게 흔들었다.

"그 정도로 떨어질 리가 없잖아."

불안정한 용 위에 타는 것도 이제 익숙해졌다.

발밑이 흔들리는 정도는 아무 문제 없다.

나는 발을 멈추지 않고 계속 달렸다.

"틈새에 숨어 있는 것도 여기까지다, 우로보로스!"

나는 우로보로스의 머리까지 얼마 남지 않은 지점에서 다시 종을 꺼내 들었다.

──딸랑······!

그리고 로리에와 약속한 대로 초인종을 다섯 번 울렸다.

그 순간.

──쨍그랑!

틈새의 세계, 우로보로스의 아래에 빛의 균열이 생겨났다. 균열의 틈으로 물가가 보였다.

정령계로 가는 길의 출구였다.

"우오오······!!"

머리 근처에 느닷없이 정령계의 출구가 나타나서 놀랐는지, 우로보로스가 더욱 거칠게 날뛰었다.

"어지간히 나가기 싫은 모양이군."

하지만 그렇게 둘 수는 없다.

나는 목을 마구 휘두르는 우로보로스의 몸에서 뛰어 정령도에 올라선 후, 우로보로스와 밑에 있는 출구를 바라보며 스킬을 준비했다.

"2연속【드래곤 킥】!"

그러고는 정령도를 박차고 아래쪽으로 뛰어내리며 발차기를 날렸다.

"자, 그 큰 덩치 일부를 저편의 세계로 운반할까."

스킬이 작렬하며 우로보로스의 머리를 찍어눌렀다.

"──크아앙?!"

그러자 우로보로스의 머리가 아래 있는 정령계의 출구로 밀려났다.

그리고, 우로보로스의 머리가 출구와 격돌한 순간.

──슈웅.

하는 소리를 내면서 세계가 갈라졌다.

"여기는…… 인볼그 상공인 건가?"

발아래로 도시가 한눈에 들어올 만큼 높은 곳이었다.

"친구, 이 녀석 꽤 높은 곳에 숨어 있었는데?"

"그래. 이런 높은 하늘에 숨어 있었다니, 대담한 녀석이군."

나는 발밑의 우로보로스를 쳐다봤다.

우로보로스는 목을 쳐들고 그 여덟 눈으로 날 노려보고 있었다.

명확한 살의와 적의를 띤 눈으로.

"이제 시작하자. 낙하 중이지만 방심하지 마?"

"물론이지, 친구!"

나는 우로보로스의 목에 올라탄 채로 검을 꺼냈다.

"자, 우로보로스. 정령계 하늘 아래에서 패배를 운송해주마."

정령 도시 인볼그, 옥좌가 있는 방.

"──악셀 님이 인볼그에 들어왔습니다!"

파룸에게서 그런 보고가 왔을 때, 로리에는 이미 옥좌에서 하늘 위를 올려다보고 있었다.

"알고 있어 파룸! 하늘 위!"

"네!"

창문 밖으로 확실하게 보였다.

정령계를 구축하는 공간 일부가 갈라지더니, 목이 긴 용이 무언가에 떠밀리듯이 들어왔다.

그리고 그 위로 악셀의 모습이 보였다.

"바로 전장을 전개할게."

"저는 만약을 위해서 아래에 사는 주민들을 피난시키겠습니다!"

"그래, 부탁할게. ——피난할 필요도 없을 만큼 튼튼하게 만들겠지만."

로리에는 그렇게 말하더니 의자 틈새에 넣어둔 스크롤을 꺼내서 펼치며 지팡이를 들어 올렸다.

"계속 거기에 숨어 있었구나, 마수 우로보로스……!"

지팡이가 빛나기 시작하자 스크롤이 저절로 펼쳐지더니 이윽고 둥근 공 모양으로 변했다.

"이제 도망가지도 숨지도 못하도록 싸울 곳을 만들어 줄게……!"

스크롤에 마력이 담기기 시작하자 스크롤 안쪽에 인볼그의 입체 지도가 나타났다.

로리에는 입체 지도의 하늘을 가리키면서 다시 주문을 외웠다.

"【구축 전개 · 투기장】……!"

직후.
정령 도시 상공에 반투명한 빛에 둘러싸인 투기장이 나타났다.

우로보로스의 머리에 올라탄 나는, 갑자기 주위를 둘러싸듯이 나타난 반투명한 빛을 보고 로리에의 마법이 발동했다는 사실을 깨달았다.
"과연, 이게 로리에가 말한 전장인가."
수십 미터 반경의 투기장 같은 모습이었다.
"발 디딜 곳이 생겼군."
나는 투기장에 착지해, 감촉을 확인했다.
적당히 단단하니, 움직이기 편할 것 같았다.
……이만하면 바닥이 무너질 걱정은 안 해도 되겠군.
나는 하늘에서 늘어지듯이 떨어진 우로보로스의 머리를 보았다.

"그…… 으으으……!"

우로보로스는 투기장에서 머리를 쳐들고 나에게 살의를 보냈다.

커다란 턱에서 침이 흘러내렸다.

놈에게는 내가 먹이로 보이는 모양이다.

나는 가져온 검을 꺼내 들었다.

그 순간.

"우오오오!"

우로보로스의 머리에 달린 여덟 눈에서 빛이 어지럽게 날아들었다.

네 개의 빛 채찍과 네 개의 광탄이 일제히 쏟아졌다.

"광범위 폭격인가. 도시에 피해가 가면 책임질 거야?"

나는 앞으로 한 걸음 나가며 날아오는 빛의 채찍을 베었다.

네 개를 단번에.

"——?!"

우로보로스가 경악하는 게 느껴졌다.

하지만 이걸로 끝이 아니다.

"광탄은 너한테 돌려주마……!!"

나는 광탄을 검의 옆면으로 받아쳤다.
튕겨 나간 광탄이 그대로 우로보로스의 얼굴에 직격했다.

"크와앙……?!"

우로보로스는 머리에서 연기를 내면서 몸부림쳤다.
자신의 공격도 제법 통하는 모양이다.

"크오오오오오……!!!"

우로보로스가 분노하며 다시 광탄을 날렸다.
아까보다 크기가 작았지만 대신 숫자가 두 배로 늘어났다.
나는 고속으로 날아오는 광탄을 노리고 다시 자세를 잡았다.
"여기선 내가 나설게."
그러나 내가 움직이기 전에 데이지가 품에서 튀어나오더니 앞으로 손을 내밀며 스킬을 발동했다.
"【연성 · 대기의 방패】!"
바람 속성의 거대하고 두꺼운 방패가 광탄을 전부 막아냈다.
"친구, 방어는 내게 맡겨줘. 내가 전부 막을게!"
"알았어, 그럼 나는 공격에 집중할게."
나는 데이지의 도움을 받아서 방패를 빠져나와서 단숨에 우로보로스에게 접근했다.

우로보로스는 날 발견하고 다시 광탄을 만들어내려 했다.

"그건 이제 안 통한다."

그러나 나는 광탄이 나타나기 전에 우로보로스의 눈을 베었다.

"크오오!!!"

우로보로스가 고통에 비명 질렀다.

"코어를 두 개나 부숴야 죽는 주제에, 정말 시끄럽게 울어대는군."

하지만 이번 작전은 놈의 코어가 두 개란 점을 역이용하기로 했다.

"자, 네 몸을 통해서 저쪽에 공격 신호 운반했다. 아마 슬슬 닿을 텐데⋯⋯."

우로보로스 제2의 머리에 권격을 넣은 게일은 찰나의 순간에 마력의 파동을 감지했다.

자신과 몇 번이고 호흡을 맞춘 그 남자의 마력이었다.

"이 감각, 이 마력의 파동――! 저쪽 머리를 잡았나, 악셀⋯⋯!!"

거리가 얼마나 떨어져 있어도, 세계가 달라도, 적의 몸을 타고 온 신호라고 해도, 게일은 알 수 있었다.

주변에서 함께 싸우던 동료들도 악셀의 마력을 느끼고 웃기 시작했다.

"이 용을 떨게 하는 감각! 주인이 공격한 증거야!"

"저도 느껴져요. 아내로서, 이 고룡을 타고 전해진 악셀의 마력 냄새를 피부로 느꼈어요."

세 사람 모두 같았다.

"그럼 우리도 끝을 내자."

악셀은 다음 공격으로 결판을 지을 거다.

그 순간 놈은 최후를 맞이한다.

……나도 다음 일격으로 끝낸다!

게일은 적과 거리를 두고 주먹을 들었다.

이에 맞춰 바젤리아와 사키도 우로보로스 좌우에 진을 치고 각자 준비를 끝냈다.

"주인이 쓸 기술을 기억하지? 리즈누아르! 앱손루웬트!"

"아내이니 당연합니다! 타이밍은 누구보다 잘 알아요."

"오래간만에 본 나는 잘 모르겠다만……. 그가 언제 공격해도 상관없도록 계속 죽음의 일격을 날릴 뿐이다."

말을 끝냄과 동시에 셋의 마력이 일제히 고양됐다.
게일, 바젤리아, 사키에게 둘러싸인 제2의 머리.

"키……!"

주변에서 마력이 단번에 상승하자 생물의 생존 본능이 반응했
는지 곧장 빛의 채찍을 만들어 몸을 감싸 방어에 들어갔다.
그렇지만 셋의 움직임은 멈추지 않았다.
셋은 각자 최강의 공격을 날렸다.

"【용염의 패왕격】!"
"――【프리즈 아이스브레이크】."
"【오의 · 라이트닝 스트레이트】……!!"

오른쪽에서는 용의 형상을 한 불꽃이.
왼쪽에서는 빙산처럼 얼어붙은 발로 내려치는 일격이.
그리고 정면에서는 빛의 격류와 함께 하는 강대하고 두꺼운 권
압(拳壓)이.
일제히 우로보로스에게 날아왔다.

"──?!"

세 공격 모두 코어를 부술 만한 일격이었다.
한 발이라도 맞으면 끝장.
그 강대한 공격들이 피할 틈도 없이 우로보로스에게 작렬했다.
그리고 이날.
이때.
우로보로스 제2의 머리가 세 번 박살 났다.

"자, 네놈의 불사가 거짓인 건 이미 들켰다. 질질 끌지 말고 끝
내자, 우로보로스."
우로보로스를 쓰러트리기 위해 내가 할 일은 간단하다.
그건 동료들이 제2의 머리를 파괴했다고 믿고 공격하는 것.
그렇다. 나는 오로지 눈앞에 집중하면 된다.
전과는 다르다. 이번에는 혼자서 싸우는 게 아니니까.
"간다, 우로보로스!"
나는 검을 처들었다.
동료들과 같이 싸우던 시절의 기술.

"지금이야말로 용신의 연격을 보여주마——!"

나는 마력을 검에 집중했다.

그러자 검 주위에 거대한 마력의 송곳니가 나타났다.

"【드래고닐 포스바이트】……!"

이 기술은 마력으로 만든 송곳니로 상대를 사정없이 찢는 연속 공격이다. 이번 같은 상황에는 더할 나위 없는 공격이었다.

"——!"

나는 우로보로스의 머리를 노리고 힘껏 스킬을 발사했다.

"……크아아……!!"

자신보다 큰 송곳니를 보고 겁먹은 듯 움츠린 우로보로스는 곧장 빛의 채찍을 만들어 반격을 시도했으나——

"……?!"

검의 송곳니는 빛 채찍을 찢고 나아가 우로보로스의 머리를 깨물어 으깼다.

난폭한 일격이 우로보로스의 머리와 얼굴을 몇 번이고 찢었다.

이윽고 역린 안쪽에 있는 코어가 통째로 부서졌다.

"크오오…….."

그러자 마침 제2 머리의 코어도 파괴됐는지, 우로보로스의 몸이 재로 변해서 부서졌다.

　인간계에서는 카틀레아와 보탄, 다른 사람들이 우로보로스가 소멸하는 모습을 바라보고 있었다.
　"우로보로스가 사라지고 있어!"
　"악셀 씨가 해냈군요!"
　"그래, 무사히 성공한 모양이구나. 정말로 언제 봐도 대단하구먼. 용사라는 자들은."
　"네, 정말 경이로운 힘이에요……."
　"음. 이것이 바로 마왕과 마인, 마수를 쓰러트린 자. 모습이 보이지 않아도, 세계가 달라도, 단단한 신뢰로 묶여 있구나."

　인볼그의 궁전.
　파룸과 로리에는 우로보로스가 흩어져 사라지는 모습을 창문 너머로 함께 지켜보고 있었다.
　"정말 터무니없는 힘이군요."

"운반꾼 악셀. 소문 이상으로 대단했어······."

궁전 밖에서 정령 도시 주민들의 함성이 들렸다.

잠시 후, 전투를 끝낸 악셀이 인볼그를 향해 내려왔다.

그 모습을 본 파룸은 옆에 있는 로리에도 듣지 못할 정도로 작은 목소리로 중얼거렸다.

"그래. 저 사람이라면 구해주실지도 모릅니다. 제 소중한 사람을······."

최강 직업(용기사)에서 초급 직업(훈련관)이 되었는데,
어쩌서인지 용사들이
의지합니다

에필로그 ◆ 귀환 타이밍

　우로보로스를 토벌한 후, 정령 도시에 많은 변화가 찾아왔다.

　가장 큰 변화는 정령의 샘이 다시 맑아진 것이다.

　아무래도 추측대로 우로보로스가 이 사태의 원인이었던 모양이다.

　파룸은 아직 오염이 남아있다고 했지만, 그것도 며칠만 지나면 깨끗해질 거라고 했다.

　그 밖에도 우로보로스로 생겼던 문제들이 하나둘 해결되기 시작했다.

　그러나 예상 밖의 일도 있었는데…….

　"죄, 죄송합니다……. 악셀 씨와 데이지 씨를 돌려보내 드리지 못해서……."

　"아니, 딱히 파룸 씨가 사과할 건 없잖아. 설마 정령도를 한동안 열 수 없게 되다니, 예상할 수 없는 일이었고."

　그렇다.

　우로보로스에게 먹히고, 투기장으로 쓰고, 여러모로 수모를 당해서 그런지 정령도를 일시적으로 쓸 수 없게 됐다.

"로리에 말로는 조정이 필요하다던데."

로리에가 우로보로스와의 전투가 끝난 뒤에 정령도를 열려고 했지만, 뜻대로 되지 않았다.

『아, 이거 사람이 드나들 만한 크기로 열리지를 않네. 위험하니까 일단 마력 순환부터 기능을 되찾고 고쳐보자!』

다행히도 간단한 연락은 가능했기에 인간계에 있는 바젤리아와 사키에게 돌아가는 게 좀 늦어질 것 같다는 소식을 전했다.

"죄송합니다. 수복을 시작도 못 해서……. 그렇게 오랜 시간은 걸리지 않을 것 같지만요."

"뭐, 그만큼 싸웠으니 그럴 만도 하지. 그렇게 신경 쓸 것 없어. 조금 기다리면 되는 문제이고. 이렇게 시중도 들어주잖아."

인볼그에 남은 우리는 궁전의 객실에 묵고 있었다.

미안하다면서 파룸이 묵을 방부터 무엇이든 준비해주었다.

"친구, 궁전 안에도 온천이 있다는데?"

나와 같이 이쪽에 남겨진 데이지가 객실 책상에 있는 궁전 안내판을 보면서 말했다.

"궁전 안에 온천이 있어? 좀 궁금한데."

"응. 다음에 가보자고, 친구!"

"그래. 한숨 돌리고 가볼까."

그런 대화를 나누는 데이지와 나를 보고 파룸은 놀란 듯이 눈을 깜빡거렸다.

"두 분 모두 어쩐지 태연하시네요……?"

"언제든 뜻밖에 일이 일어날 수 있다는 걸 용사 시절에 배웠거든. 지금은 서두를 일도 없고, 애초에 난 여기서 창을 고쳐야 하니까."

그렇다. 정작 처음 여기에 오려고 했던 목적이 아직 해결되지 않았다.

"더구나 어차피 샘을 쓰려면 더 기다려야 하잖아? 기왕 이렇게 된 김에 정령 도시에서 일을 찾아보려고."

"그럼 나도 같이 갈래, 친구. 정령계에 올 일은 거의 없으니까."

나는 데이지를 보며 고개를 끄덕였다.

"……저기, 그럼 악셀 씨. 이런 상황에서 죄송합니다만, 조금 복잡한 이야기를 해도 괜찮을까요?"

파룸이 그렇게 말을 꺼냈다.

지금까지 미안해하거나 웃는 표정과는 다른 슬픈 표정이었다.

"복잡한 이야기라니?"

그래서 곧바로 물어보자, 파룸이 결심한 듯 말했다.

"정령 도시를 구해주신 두 분에게 부탁이 있습니다. ……부디 정령 공주님을 구해주실 수 없을까요? 지금도 병에 침식되어서 생명의 위기를 안고 계십니다."

최강 직업(용기사)에서 초급 직업(훈련꾼)이 되었는데,
어째서인지 용사들이
의지합니다

에필로그 ◆ 내방자

악셀이 정령계로 가고 며칠 뒤 아침.

"아아…… 악셀이 없으니 의욕이 나질 않아요……."

사키는 의료 길드 본관 로비에 있는 소파에서 축 늘어져 있었다.

"너무 늘어진 거 아냐, 리즈누아르?"

바젤리아가 사키를 내려다보며 말했다.

"무슨 소릴. 당신이야말로 어제까지『주인이 없으니 쓸쓸해─!!
온기가 부족해──!!』라면서 울었잖아요!"

"안 울었어! 잠깐 눈에 먼지가 들어갔을 뿐이야! 게다가 지금은
일을 돕고 있잖아! 정령도가 열리면 주인이 돌아올 수 있다는 걸
알고 나선 조금 기운이 돌아왔고!"

바젤리아는 그렇게 말은 했지만, 사키가 보기엔 바젤리아도 꽤
기운이 없어 보였다.

"그야 무사하다는 소식은 염문으로 듣기는 했지만요……. 예,
이러는 동안에도 그는 언제나처럼 움직이고 있을 테니, 저도 슬

슬 움직이도록 하죠."

"그래, 그래. 같이 연구소든 길드든, 일하면서 주인을 기다리
자고."

그때였다.

"계십니까."

로비의 카운터 쪽에서 웬 여자 목소리가 들렸다.

고개를 돌려 보니 검은 옷을 입은 예쁜 여성이 서 있었다.

"운반꾼 악셀 씨가 이 도시에 왔다는 이야기를 들었는데, 어디
있는지 아시는 분이 없으려나 해서 왔어. ……아, 소개가 늦었군.
내 이름은 우부메라고 한다만."

후기

『최강 직업《용기사》에서 초급 직업《운반꾼》이 되었는데, 어째서인지 용사들이 의지합니다.』 5권을 구매해 주셔서 감사합니다.
아마우이 시로이치입니다.

이번 권은 시리즈 처음으로 두 권에 걸친 이야기가 되었습니다.
등장인물도 많고 등장하는 세계도 많죠.
그리고 이야기 안에서 일어나는 일도 많습니다.
이번 권에서는 그 다양한 상황에서 자유롭게, 빠른 속도로 뛰어다니는 악셀을 그리려고 노력했습니다.

다음 6권부터는 다양한 등장인물과 더 넓은 세계에서 더욱 활약하는 악셀과 동료들을 그릴 생각이니 기대해 주세요.

여기서부터는 선전입니다.
이 작품을 원작으로 한 만화책이, 소학관 어플『망가완』에서 주간 연재 중입니다. 만화판 작가는 유키지 님. 현재는『우라 선데이』와『니코니코 세이카』에서도 읽으실 수 있습니다.
그리고, 원작 4권과 동시에 만화책 5권도 발매됩니다. 굉장히 재미있으니, 여러분, 꼭 한 번 읽어 주시기 바랍니다.

끝으로 감사 인사입니다.

일러스트레이터 이즈미 사이 님. 5권에서는 꽤 많은 캐릭터가
등장했는데 모든 캐릭터를 멋지게 그려 주셔서 감사합니다!
가가가 문고 편집부 여러분, 관계자 여러분. 신도사 디자이너님.
여러 도움을 주신 분들께 감사드립니다.
그리고 독자 여러분. 끝까지 읽어 주셔서 감사합니다!
다음 권에서 다시 만납시다.
그럼 안녕히.

2020년 아마우이 시로이치

카틀레아 헌드레드

게일 앱손루웬트

character design.5

최강 직업 (용기사)에서 초급 직업 (운반꾼)이 되었는데,
어째서인지 용사들이 의지합니다 5

캐릭터 디자인

로리에 님피아

보탄 글로리아

SAIKYOSHOKU "RYUKISHI" KARA SHOKYUSHOKU "HAKOBIYA" NI NATTANONI,
NAZEKA YUSHATACHI KARA TAYORARETEMASU 5
by Shiroichi AMAUI
©2018 Shiroichi AMAUI Illustrated by Sai IZUMI
All rights reserved.
Original Japanese edition published by SHOGAKUKAN.
Korean translation rights in Korea arranged with SHOGAKUKAN,
through Shinwon Agency Co.

최강 직업에서 초급 직업이 되었는데, 어째서인지 용사들이 의지합니다 5

2021년 9월 1일 1판 1쇄 발행

저   자 아마우이 시로이치
일 러 스 트 이즈미 사이
옮 긴 이 정명호
발 행 인 유재옥
본 부 장 조병권
편 집 1 팀 박소연 이준환
편 집 2 팀 박치우 정영길 조찬희 조현진
편 집 3 팀 곽혜민 오준영 이해빈
라이츠담당 한주원
디 지 털 박상섭 이성호 최서윤
미   술 김보라 서정원
발 행 처 ㈜소미미디어
인쇄제작처 코리아피엔피
등   록 제2015-000008호
주   소 서울시 마포구 토정로222, 403호 (신수동, 한국출판콘텐츠센터)
판   매 ㈜소미미디어
마 케 팅 한민지
전   화 (02)567-3388, Fax (02)322-7665

ISBN 979-11-384-0118-0
ISBN 979-11-6389-057-7 (세트)